파란 케리어 안에 든 것,

미란 캐리에 반해 드는 것

듀나 SF 소설집

퍼플레인

차례

그깟 공놀이   9

거북과 용과 새   47

항상성   79

아발론   107

불가사리를 위하여   133

파란 캐리어 안에 든 것   161

작가의 말   231

미래는 결국 정돈되어야 할 현재일 뿐이다.

– 앙투안 드 생텍쥐페리, 〈성채〉

그깟 공놀이

1.

튜바 모선 안은 모든 것이 둥글었다. 중력이, 위아래가 당연하지 않은 세계에서 만들어진 공간이었다.

위아래가 없는 건 지금 내 앞에 떠 있는 튜바도 마찬가지였다. 네 개의 지느러미 겸 팔이 풍차 날개처럼 나 있는 황금빛 항아리 모양의 몸. 동그란 입 주변에 붙어 있는 동그랗고 까만 네 개의 눈. 그 몸은 나를 바라보는 동안에도 너무나 투명해서 얼핏 보면 그냥 공기처럼 보이는 물속을 척추를 중심으로 무심하게 회전하고 있었다.

빠앙 하는 소리가 들렸다. 그 뒤를 이어 새가 지저귀는 듯한 날카로운 소리와 나지막한 메조소프라노가 번갈아가며 타닥거렸다. 통역기가 이 문장을 번역했다. 5초도 채 안 되는 노래치고는 내용이 꽤 길었다.

'우리는 지구인들의 요청을 검토했다. 그중 어느 것도 우리의 작업을 중단해야 할 이유가 되지 못한다. 우리는 요청을

거부한다.'

"하지만 왜? 카이퍼 벨트엔 당신들이 공을 만들 수 있는 재료들이 충분히 있잖아! 우린 거기엔 전혀 관심이 없어! 정 공을 만들고 싶다면 거기서 그냥 만들라고!"

통역기가 번역했다. 빠앙, 쩩쩨잭, 랄라, 빠앙. 딱 3초였다. 저쪽은 많이 갑갑할 것이다. 내가 모르스 부호로 말하는 것 같겠지.

'우리는 우리의 공을 살릴 중력이 필요하다. 더 빛나는 놀이가 필요하다.'

"그럼 다른 행성에서 놀아. 목성과 토성의 위성들은 이미 살아 있다고. 수천 종의 고유 생명체들이 거기에 살고 지구인들이 사는 해저 도시들이 있어. 왜 그것들을 파괴하려 하지?"

'그것들은 더럽다. 우리가 깨끗하게 만들 것이다. 당신들의 어떤 요청도 우리는 듣지 않는다. 때가 되면 우리는 당신들 행성 표면의 물도 뽑아 정화할 것이다. 그것은 어렵겠지만 그만큼 재미있을 것이다!'

"도대체 왜?"

'그것이 우리의 일이기 때문이다. 그리고 당신은 왜 여기에 신경 쓰는가, 라리사 진-a? 당신도 지구인은 아니지 않은가?'

2.

맞다. 난 지구인이 아니다. 그러니까 인간이 아니다. 저 대화를 나누기 138시간 전까지만 해도 인간이었다. 하지만 아카데미에 입학한 지 5개월밖에 안 된 사관생도 라리사 진이 순전히 구색을 맞추기 위해 탄 사절선 안나 아흐마토바가 튜바 우주선과 교전 중 파괴되는 바람에 내 존재에 약간의 변화가 생겼다. 아흐마토바의 메인 컴퓨터는 죽기 전에 백업된 승무원들의 정신을 전송하려 시도했는데, 유감스럽게도 성공한 건 나뿐이었다. 이리나 니콜라옌코 선장의 정신도 10분의 1 정도 남긴 했는데, 자아를 재구성하기엔 충분치 않았다. 하여간 트리톤 궤도를 돌고 있던 비상용 무인 우주선 마리나 츠베타예바에 전달된 라리사 진의 정신과 니콜라옌코 선장의 정신 찌꺼기가 하나로 합쳐져 츠베타예바가 싣고 있던 정신 백업용 안드로이드에 옮겨졌고 그게 나다.

20세기 할리우드 영화에서라면 정체성에 대해 고민할 타이밍이었겠지만 그런 고민은 이 기술이 나오기 전에 그 영화들이 미리 다 해버려서 나에게 남은 게 별로 없었다. 나에게 주어진 진짜 고민은 '나는 인간인가, 기계인가'가 아니라, 광속 한계 때문에 두 시간 딜레이될 수밖에 없는 지구 정부의 코치 없이 튜바 문명과 외교 협상을 할 수 있느냐는 것이었다. 잘해도, 못해도 내 이름은 교과서에 오른다. 아, 아주 못하면 못 오르겠지. 태양계 문명이 멸망할 테니까.

튜바 문명은 지구인이 발견한 세 번째 외계 문명이다. 첫 번째 문명은 '광신도'로 4만 8,000광년 저편에서 아홉 시간 동안 전 우주에 《안나 카레니나》 한 권 반 분량의 메시지를 열두 번 반복해 뿌리고 침묵해 버렸다. 그 메시지를 번역한 AI 언어학자들은 그게 몽땅 종교적 헛소리라고 결론지었다. 두 번째 문명은 '폭주족'으로, 그들이 탄 우주선이 지금도 광속의 99.9999999999982퍼센트의 속도로 지구에서 135광년 떨어진 성간 공간을 질주하는 중이다. 당연한 일이지만 그들과도 아직 소통하지 못했다.

튜바를 발견한 건 카이퍼 벨트의 지도를 만들던 우주선 아난시 42호였다. 소행성 다섯 개가 연달아 발견되었는데 이것들, 상태가 좀 이상했다. 크레이터 하나 없이 표면이 매끄러웠고 완벽한 구형이었으며 거의 증류수 수준의 순수한 물로 이루어져 있었다. 어떤 정신 나간 존재가 카이퍼 벨트의 얼음들을 모아 정류해 거대한 공을 만들고 있었던 것이다. 아난시 42호는 그 근처에서 감자 모양의 검은 소행성을 하나 더 발견했고 그게 바로 튜바 모선이었다. 튜바 문명은 항성 간 우주선을 만드는 대신 속이 빈 소행성 하나를 통째로 움직이는 편을 택했다.

튜바라는 별명은 그들의 음성 언어에서 따왔다. 그들은 음성 기관이 세 개였다. 첫 번째는 튜바처럼 굵직하고 쩌렁쩌렁한 소리를 냈다. 두 번째는 성숙한 인간 여자 목소리와 비슷했고, 세 번째는 플루트나 피콜로처럼 날카로웠다. 고전음악 애호가인 연구가 한 명은 이들의 언어가 루치아노 베리오가 캐시 버버리안을 위해 작곡한 성악곡 같다고 평했다. 그렇다면 버버리안이나 베리오라고 불러도 될 텐데, 그들은 기어코 튜바를 택했다.

튜바들이 카이퍼 벨트에서 증류수 행성을 만드는 놀이에 만족했다면 우리가 당장 신경 쓸 일이 아니었다. 하지만 튜바의 우주선들이 천왕성과 해왕성으로 날아와 위성들과 고리를 건드리기 시작하자 걱정이 시작되었다. 두 달도 되기 전에 천왕성의 위성 미란다가 튜바 우주선에 의해 파괴되었고 그 빈 궤도에 미란다의 잔해로 만든 새 얼음 위성이 만들어지기 시작했다.

더 이상 미적거릴 수 없었다.

3.

츠베타예바의 잠수정에 도착한 나는 드라이어로 얼굴과 잠수복을 말리면서 숨을 크게 들이마셨다. 아무짝에도 쓸모없는 짓이다. 나에겐 더 이상 폐가 없으니까. 콧구멍으로 들이마신 공기는 목 밑의 발성 기관을 통과했다가 고스란히 다시 콧구멍으로 빠졌다. 그래도 다섯 시간 동안 물에 잠겨 있다가 물 없는 공간에 들어오면 숨을 쉬어야 할 거 같았다.

난 인류를 대표해서 외계 문명과 소통을 할 상태가 아니다. 나 자신을 추스르기에도 바쁘다. 의식이 형성되자마자 츠베타예바의 인공지능과 링크되었기 때문에 내 사고방식은 아직도 우주선스럽다. 리소스 절반 이상을 아흐마토바에서 받은 정보를 정리하고 신경을 재배선하는 데 쓰고 있어서 정신이 붕 뜨고 피곤하다. 어딘가 고장 난 것 같기도 하다. 난 지금 금속 맛에 중독되어 끝도 없이 볼 베어링을 빨고 있는데, 이 욕망과 취향이 재배선이 끝난 뒤에도 남는 건가?

굉장한 모험이었다. 츠베타예바를 통째로 몰고 튜바 모선 내부로 침투한다는 아이디어는 니콜라엔코 선장의 아이디어였던 거 같긴 한데, 그래도 성공한 건 대부분 나와 츠베타예바 덕택이었다. 튜바들이 나와 메인 컴퓨터의 링크를 끊고 우주선을 해체할 때 난 정말 울 것 같았다. 단지 눈물이 나오는 대신 귓속이 간지러웠다.

츠베타예바가 모은 데이터는 이미 전송했다. 대부분 튜바 모선에 대한 것이다. 규소와 얼음으로 구성된 두꺼운 껍질 밑에는 수천 개의 공들이 촘촘하게 겹쳐 있다. 여기서 특이한 점은 모선 내부에서는 중력이 전혀 느껴지지 않는다는 것이다. 이 정도 질량이라면 잠수정에서 $0.04 m/s^2$ 정도의 중력이 느껴져야 하는데, 튜바들은 우리가 아직 파악하지 못한 반중력 기술로 이 있으나 마나 한 중력도 제거해 버렸다.

이는 이들의 언어를 번역하면서 어느 정도 예상했던 일이었다. 튜바어에는 고향 행성을 짐작할 수 있는 어떤 단어도 존재하지 않았다. 마치 처음부터 무중력의 우주선에서 진화한 종족 같았다. 이들에게도 중력이라는 단어는 정상상태인 무중력의 반대되는 의미로, 직역하면 안티 무중력이다(튜바어에서 '안티'는 피콜로로 640헤르츠의 음을 펑 하고 튕기는 소리에 가깝다).

도입부를 읽은 독자들은 내가 튜바들과 아주 수월하게 의사소통을 했을 거라고 생각할 텐데, 그건 오해다. 둘의 대화가 자연스럽게 흐르는 것처럼 보이는 것은 통역기의 인공지능이 어떻게든 말이 되는 튜바어와 영어를 구사하는 데에 자신의 존재 자체를 걸었기 때문이다. 그 과정 중 튜바어를 구성하는 이질적인 사고방식은 은근슬쩍 제거된다. 반대도 마찬가지겠지. 나는 내 말들이 튜바인들에게 어떻게 번역되었

그깟 공놀이 17

을지 걱정되고 궁금했다.

나는 잠수정 창문에 반사된 내 얼굴을 슬쩍 훔쳐보았다. 나를 잠시 엿보다가 외면한 파란 잠수복 차림의 저 아이는 그럭저럭 내가 아는 나랑 비슷해 보였다. 츠베타예바가 내 외모를 재구성하기 위해 최선을 다한 것이다. 하지만 자세히 보면 피부 질감이 다르고 표정 구사를 위해 남겨놓은 눈썹과 속눈썹을 빼면 털이 전혀 없다. 잠수정에는 가발 세트가 갖추어져 있지만 상황이 상황인지라 가발 대신 잠수복용 방한모로 만족해야 했다.

쾅 하는 소리와 함께 잠수정 바깥이 밝아졌다. 청자색 튜바 한 명이 창문 너머로 나를 바라보고 있었다. 처음에 우리는 이들의 색깔이나 무늬가 성이나 종족과 관계가 있을지도 모른다고 생각했다. 하지만 아니었다. 원래는 우윳빛인 이들의 비늘은 비교적 쉽게 염색할 수 있었고 그들의 색과 무늬는 다른 튜바로부터 스스로를 구별하는 의미밖에 없었다. 이유가 무엇이건 튜바 무리는 관상용 금붕어 어항처럼 온갖 색으로 반짝거렸다. 멀리서 보면 꽤 귀엽다.

"라리사 진-a. 나는 ____다. 질문이 있다."

청자색 튜바가 스피커를 통해 말했다. 빈칸은 정확한 표기가 불가능하기 때문에 남겨놓았다. 튜바의 이름은 세 음성기관이 동시에 빽 하고 울리는 소리로 구성된다. 청자색의 이름에는 플루트 소리가 들리지 않았지만 그건 그 소리가 내 귀의 가청주파수 바깥에 있기 때문이다.

"뭐가 궁금한데?"

"너는 왜 지구인과 협조하는가?"

"나도 지구인이니까?"

"아니다. 너는 기계다."

"그렇긴 한데, 많이들 기계 몸으로 갈아타거든. 그런다고 해서 지구인이 아닌 다른 무언가로 여기지는 않아."

"그럼 네 우주선도 지구인인가?"

"츠베타예바? 아니. 하지만 의식 있는 지적 존재니까 같은 대우를 받지. 너네 우주선들은 안 그래?"

청자색은 대답하지 않았다. 당황한 것 같았다. 당황한 건 나도 마찬가지였다. 항성 간 공간을 넘어온 외계인과 나눈 대화치곤 뭔가 유치했다. 이런 걸 전에 어디서 보았냐면…… 맞다. 소련 청소년 SF 소설이 딱 이런 식이었다. 호전적인 외계인에게 공산주의 유토피아의 장점을 설명하는 씩씩한 지구 어린이.

"지구인인가 아닌가는 그렇게 중요하지 않아."

나는 말을 이었다.

그깟 공놀이 19

"이전에는 중요했지. 인간인가 아닌가. 하지만 대화가 가능한 온갖 지적 존재들이 만들어지면서 우린 그 구분을 포기해 버렸어. 우주선이건, 스테이션이건, 안드로이드건, 산업 로봇이건, 개량된 다른 동물이건, 우린 모두 시민이야. 아까 내가 지구인이라고 부른 건 실수였을지도 모르겠다. 하지만 얼마 전까지만 해도 난 인간이었고 안드로이드로 정신이 이식된 시민 상당수는 인간 정체성을 갖고 살아가. 그게 크게 중요한 일은 아니지만."

"밤비는 시민인가?"

청자색이 물었다.

귀를 의심한 나는 마지막 문장을 리플레이했다. 잘못 들은 게 아니었다. "밤비는 시민인가?"

무슨 대답을 해야 할지 몰라 당황하고 있는 동안 두 번째 질문이 들이닥쳤다.

"밤비 엄마는 시민인가? 지구인이 밤비 엄마를 죽였다. 그리고 먹었다."

창문 위에 수많은 사진들이 주르륵 지나갔다. 디즈니 영화 〈밤비〉가 가장 먼저였다. 그 다음에 사냥당하고 도살당하는 수많은 동물들의 사진들이 이어졌다. 마지막을 장식한 것은 20세기 초반 광고 포스터에서 잘라온 것 같은 칠면조 요리

그림이었다.

 그들이 질겁한 건 이해가 됐다. 튜바어엔 사냥이라는 단어가 없었다. 요리, 농업, 목축, 맛도 존재하지 않았다. 다른 생명체의 존재를, 그들을 요리해 먹는다는 사실을 당연하게 생각하지 않는 종족의 언어였다. 그들은 그들의 하루, 그러니까 19시간 20분마다 한 번씩 기계로 만든 밀크셰이크와 같은 연료를 파이프로 위에 주입했고 그 과정에서 아무런 쾌감도 느끼지 않았다.

 "밤비와 밤비 엄마는 의인화된 존재야."

 나는 설명했다.

 "시민처럼 생각하고 말하는 상상 속 동물이라고. 개량하지 않은 동물들은 그렇게 생각하지 못해. 인간들은 한동안 먹고 먹히는 생태계의 꼭대기에 있었어. 살기 위해 다른 생명체들을 잡아먹었지. 지금은 아니야. 에너지와 자원을 얻을 수 있는 더 효율적인 시스템을 만들었으니까. 아직도 인간이 생태계의 일부여야 한다는 사람들도 있어. 하지만 극소수야."

 "왜 시민들은 생태계 안의 동물들이 먹고 먹히게 내버려두는가?"

 "우린 자연은 그대로 두는 게 옳다고 생각해. 이유를 설명하라면 잘 모르겠어. 하지만 몇십 억 년 동안 존재했던 시스템을 우리 맘에 안 든다고 바꾸거나 없앨 수는 없어."

혼란스러웠다. 몇 분 전까지만 해도 얼음 공들을 더 만든다는 핑계로 태양계 문명 전체를 날려버리겠다고 으르렁거렸던 종족이 지금 디즈니 만화영화 속 사슴의 죽음에 분노하고 있었다.

불이 꺼졌다. 청자색은 시계 반대 방향으로 한 바퀴 돌더니 노래를 흥얼거리며 퇴장했다. 놀랍게도 아는 노래였다. 스코틀랜드 민요 〈애니 로리〉의 도입부였다. 통역기가 그 노래를 번역했다. '반짝이는 어둠 속에 고립된 두 손가락의 이른 소멸.' 청자색은 튜바어의 단어들을 갖고 부조리한 시를 지어 〈애니 로리〉 첫 부분의 선율을 재조립한 것이다.

얼음 공과 〈애니 로리〉, 칠면조와 밤비 엄마가 머릿속에서 빙빙 돌다가 하나로 합쳐졌다. 나는 양손으로 고함이 터져 나오려는 입을 틀어막았다.

'애들이야.'

나는 생각했다.

'모두 어린애들이라고!'

4.

튜바 문명은 처음부터 말이 안 됐다. 생각해 보라. 중력과 관성을 통제해 최소한 수백 광년의 거리를 날아 우리 태양계에 도착한 무리가 있다. 당연히 긴 역사를 가진 고도로 발전한 지적 존재겠지? 하지만 그 외계인들이 한 일이 뭔가? 몇십 년 동안 얼음들을 주워 모아 공들을 만든 게 전부였다. 이미 행성 대부분에 식민지를 세우고 주변 여섯 태양계에 탐사선을 보낸 과학 문명이 코앞에 있었는데 관심도 안 가졌다. 그 문명이 접근하자 한 일이 뭐다? 짜증 난 어린애처럼 아무 생각 없이 다가오는 우주선들을 파괴해 버렸다. 간신히 대화를 시작하자 돌아온 답변? "네가 뭐라건 우린 계속 하던 대로 놀 거야"였다. 그래 놓고 이젠 또 우리가 밤비 엄마를 죽였다고 징징대?

앞에서도 조금 말했지만 언어학자들은 처음부터 이들이 수상쩍다고 생각했다. 이들의 언어는 환상적일 정도로 음악적이었고 문법은 논리적으로 완벽했다. 하지만 완벽하게 논리적인 문법은 이 언어가 비교적 최근에 인공적으로 만들어졌을 수도 있다는 것을 암시한다. 언어는 시간이 지나면 지저분해지기 마련이니까. 우리가 모은 튜바어 단어 25퍼센트 이상이 최근 3세대 안에 만들어졌을 수도 있다는 소수 의견도 있었다.

하지만 어느 누구도 이들이 이렇게 어릴 거라고는 상상하지 못했다!

 츠베타예바는 모선 안에서 나와 링크되어 있던 1시간 17분 동안 지금까지 우리가 모았던 데이터의 162배가 되는 튜바어 자료를 집어삼켰다. 그 대부분은 별문제 없이 번역되었는데, 그건 그동안 우리가 모은 튜바어 어휘가 실제로 이들이 사용하는 어휘의 대부분이라는 말이었다. 더 어이가 없는 건 부러울 정도로 음악적 감각이 뛰어난 이들에게 음악이나 시라는 개념 자체가 없다는 것이었다. 어딘가에서 엿들은 〈애니 로리〉 도입부를 재구성하면서, 청자색은 음악과 시라는 전혀 새로운 영역에 발을 디딘, 아니, 그 새로운 영역으로 헤엄쳐 간 것이다.

 과학, 그것도 물리학에 치중한 지식을 제외하면 철저하게 무식한 존재. 이제 막 스스로의 역사를 쌓기 시작한 존재. 막 노래를 부르기 시작한 존재. 우린 보모가 사라진 유아원생과 상대하고 있었다. 이들이 공놀이에 그렇게 집착하는 것도 당연했다. 공 만들기는 그들이 아는 거의 유일한 오락이었다.

 지구에서도 이 사실을 눈치챘을까? 츠베타예바가 수집한 데이터가 도착하긴 했을까? 걱정이 됐다. 지금까지 30분에 한 번씩은 꼬박꼬박 날아온 지구 정부의 메시지가 내가 튜바들에게 체포된 지 두 시간 뒤부터 끊어져 버렸다. 그동안 데이터가 지구로 갔을 수도 있지만 아무래도 그럴 거 같지 않았다. 만약 내가 지금 보고서를 작성해서 보낸다면 지구로 가긴 할까? 아니면 저들에게 내 추론을 알려주는 것에 불과할까? 항성 간 우주선을 조종하는 어린아이들은 이 상황에서 어떻게 생각하고 행동할까?

암만 생각해도 답은 하나였다. 츠베타예바를 찾아야 한다. 지금 상황에서 내 유일한 동료는 우주선뿐이었다.

나는 조종석에 앉아 왼쪽 팔걸이 밑에 있는 종이책 매뉴얼을 꺼내 잠수정의 장비를 확인했다. 외교선이란 기본적으로 간첩선이며 태양계 내에 모든 전쟁이 사라진 지 154년이 지나가는 지금도 사정은 다르지 않았다. 그리고 지금은 내 일부가 된 니콜라옌코 선장의 경험에 따르면 이런 셔틀 잠수정은 고성능의 스파이 물고기들을 싣고 있기 마련이었다. 검사해 보니 일곱 세트 모두 있었고 상태도 멀쩡했으며 모두 90퍼센트 이상 충전된 상태였다. 나는 잠시 망설이다 잠수정 컴퓨터에 링크해 물고기 상자들을 모두 사출구로 보내고 A형 스파이 물고기들을 분출했다. 10미크론 크기의 기계 물고기 8만 6,000마리가 사방팔방으로 흩어졌다. 튜바들은 이들의 존재를 눈치챌 수 있을까? 내 결정은 이들의 사전에 '스파이'라는 단어도, '감염'이라는 단어도, '미생물'이라는 단어도 없다는 사실에 바탕을 둔 것이었다. 하지만 불완전한 사전만 가지고 어떻게 외계 종족의 사고방식을 확신할 수 있을까? 무엇보다 이들은 극도로 청결을 중요시하는 종족이 아니던가?

내가 걱정하는 동안 스파이 물고기들은 조금씩 모선 탐사에 나섰다. 순식간에 10분의 1이 정수 시스템의 필터에 걸려 파괴되었지만 물고기들은 곧 동료들의 경험을 바탕으로 회피 전술을 구사했다. 그들이 흩어지면서 내 감각의 층도 그만큼 넓어졌다. 곧 모선에 대한 자잘한 정보가 내게로 쏟아져 들어왔다.

데이터가 충분히 쌓인 것을 확인하고 나서 나는 벌레만 한 크기의 B형과 E형 물고기들을 100마리씩 보냈다. A형 물고기가 만든 지도를 통해 내가 있는 유닛의 통신 시설에 접근한 그들은 곧 모선의 신경계와 나를 잠수정 컴퓨터를 통해 연결했다.

연결은 예상 외로 쉬웠다. 튜바 모선의 시스템은 90퍼센트 이상이 죽어 있었고 운영체계는 극도로 단순했다. 모선의 환경 유지에 인공지능이 동원되긴 했지만 자체 의식의 흔적은 감지되지 않았다. 튜바와 똑같이 생긴 작업용 우주선들 역시 모두 우주선 안에 타고 있는 튜바가 조종하고 있었다. 말이 나왔으니 하는 말인데, 튜바가 우주선과 똑같이 생겼다는 사실을 알아차렸을 때 우리가 얼마나 웃었는지 모른다. 우리 기준에 따르면 이들은 20세기 일본 만화영화에 나오는 거대 로봇과 다를 게 없었다.

찰칵. 츠베타예바의 위치가 확인되었다. 8.7킬로미터 떨어져 있는, 내 잠수정이 있는 창고와 비슷한 공 모양의 공간이었다. 멀다고도, 가깝다고도 하기 어려운 애매한 거리다. 의식의 흔적은 느껴지지 않았다. 하지만 이들이 우주선의 인공지능을 파괴한 것 같지는 않았다. 그들은 그 대신 보다 명쾌하고 단순한 방법을 택했다. 우주선의 에너지 구를 제거한 것이다. 뜯어낸 에너지 구는 100미터도 떨어져 있지 않은 옆의 창고에 보관되어 있었고 여전히 에너지의 흔적이 느껴졌다.

머릿속으로 지도를 그려보았다. 통로들의 넓이를 고려해볼 때 잠수정을 몰고 거기까지 돌파하는 건 물리적으로 불가능하다. 바글거리는 튜바들을 피해 내가 직접 나가는 것도 마찬가지다. 물고기들만이 유일한 답이다. 하지만 어떻게? 에너지 구 전체가 필요하지는 않아. 저들이 대비하기 전에 우주선의 의식만 깨우면 되니까. 에너지 구가 없어도 츠베타에바 여기저기엔 자체 에너지를 쓰는 자잘한 기계들이 있다. 물고기들을 이용해 어떻게 이들을 다 모은다면 우주선을 깨울 정도의 에너지는 모을 수 있을지도 몰라. 하지만 그것들이 과연 멀쩡할까? 내가 튜바들에 팔다리가 잡혀 끌려갈 때 우주선은 반쯤 침수된 상태였다. 츠베타예바는 외행성을 도는 위성의 지하 바다 속으로도 들어갈 수 있게 설계되었지만 이렇게 내부가 물에 잠기는 상황까지 대비하지는 않았다.

그러고 보니 생각이 났다. 튜바의 정체가 밝혀진 뒤에 지구 과학자들에게 가장 논쟁이 되었던 것은 어떻게 수생동물이 과학기술 문명을 이룰 수 있느냐는 것이었다. 이들 세계의 패러데이와 에디슨과 테슬라는 물이라는 난관을 어떻게 돌파했을까? 아니면 이들의 환경엔 우리가 모르는 다른 이점이 있었던 걸까? 예를 들어 이들이 전기가오리나 전기뱀장어처럼 스스로 전기를 일으키는 종족일 수도 있지 않겠는가? 궁금하기 짝이 없지만 이에 대해 모르는 건 튜바들도 마찬가지일 것이다.

하지만 지금은 이런 공상으로 시간을 낭비할 때가 아니었다. 츠베타예바의 도움을 받을 수 없다면 나 혼자서라도 어떻게든 정보를 지구에 보내야 한다. 지금은 죽어 있는 모선의 시스템을 살려 이용할 수 있지 않을까? 아주 낙천적이 되어 튜바들이 이 죽어 있는 기계들에 대해 아는 게 전혀 없다고 가정해 보자…….

쾅. 불이 다시 켜졌다. 아까 만났던 황금빛 튜바가 바티칸

근위대처럼 알록달록한 부하들을 이끌고 잠수정으로 헤엄쳐 들어오고 있었다. 부하들이 주변을 빙빙 도는 동안 황금빛은 까만 눈 네 개가 거의 달라붙을 정도로 창문에 가까이 접근했다.

"라리사 진-a!"

튜바 반주를 깐 분노한 메조소프라노가 스피커를 울렸다.

"넌 지금 무슨 짓을 하고 있는 것이냐!"

5.

튜바들이 내가 지구로 보내는 메시지를 차단하고 있을지도 모른다는 내 짐작은 옳았다. 따지고 보면 그들은 그냥 상식적으로 행동한 것이다. 지구 정부와 나에게서는 최대한의 정보를 뽑고, 빠져나가는 정보는 최소한으로 줄이고. 내가 지구로 보내는 정보가 차단되었다는 걸 지구에서 알아차린 순간 그들이 통신을 완전히 끊어버린 것 역시 당연했다. 외계인의 불가해한 사고방식 따위는 개입되지 않았다. 우리는 적어도 이 부분에 대해서는 상식을 공유했다.

다행히도 그들은 나와 츠베타예바로부터 정보를 뽑아내는 데에 애를 먹고 있었다. 일단 그들은 당시 '다른 언어'와 '번역'이라는 낯선 개념에 당황하는 중이었다. 우리가 튜바어가 아닌 다른 언어로 말을 한다는 것부터 이상했는데, 그게 어떤 과정을 통해 튜바어로 옮겨진다는 건 더 이상했다. 우리의 언어가, 튜바어가 갖고 있지 않은 낯선 개념의 어휘를 포함하고 있다는 사실은 진짜로 이상했다. 나와 츠베타예바가 모선으로 쳐들어갔을 때 그들은 영어를 튜바어로 번역하는 방법을 간신히 깨우친 상태였지만 아직 다른 언어를 건드릴 꿈도 꾸지 못하고 있었다. 그런데 나와 츠베타예바는 생각하고 이야기를 나눌 때 러시아어와 카자흐어와 한국어를 섞어 쓰고 있었던 것이다. 이 세 언어를 영어를 통해 중역하는 것은 기술적으로 어려운 일이 아니었겠지만 그들에겐 '중역'이라는 개념도 낯설었다는 것을 잊어선 안 된다.

나중에 나는 튜바들이 아주 짧은 기간 동안 지구의 언어들에 대해 미신적인 공포심을 갖고 있었다는 사실을 알게 되었다. 그들은 지금까지, 고유명사를 제외하면, 5,000개 미만의 단어들로 구성된 안전하고 소박한 세계에서 살았다. 그런데 대화가 시작되고 번역이 이루어지면서 그들 언어의 몇십 배가 넘는 낯선 단어들이 침투해 왔다. 티라노사우르스, 카푸치노, 수컷, 목련 같은 단어들은 괜찮다. 가리키는 대상이 뭔지 배우면 되니까. 하지만 로맨스, 정언명령, 애국심은 도대체 무엇인가. 이 단어들은 어떤 힘을 가지고 있는가. 왜 분노나 즐거움 같은 단순한 개념의 유의어들이 이렇게 많은 것인가. 언어의 비논리성과 불규칙함 역시 이들을 괴롭혔다. 그들은 필사적으로 그 비논리성 밑에 숨은 논리를 찾으려 했지만 허사였다.

내가 물고기들을 놀려 모선의 죽은 시스템을 건드리기 시작했을 때 그들이 두려워했던 것도 그 때문이었다. 물고기들은 튜바도 이해할 수 있었고 마음만 먹으면 더 좋은 것도 만들어낼 수 있었다. 하지만 그 소박한 기계들이 미지의 언어와 결합된다면 어떤 일이 가능할까? '주문'이나 '주술'이라는 단어가 나올 타이밍이었지만 그들은 이 개념들도 이해하지 못했다.

"말하라, 넌 지금 무슨 짓을 하고 있는 것이냐!"

황금빛이 다시 외쳤다.

나는 대답을 할 수가 없었다. 그들이 내 계획에 대해 얼마나 알고 있는지, 내 계획이 그들에게 어떤 영향을 끼치고 있는지 아직 몰랐으니까.

"지구 문명을 대표해서 최선을 다하고 있어."

나는 느릿느릿 대답했다.

"그건 대답이 아니다."

"맞아."

황금빛은 왜 지구인들의 언어에 분노의 유의어들이 그렇게 많은지 온몸으로 깨우치고 있는 것 같았다.

조금 후회가 됐다. 상대가 지구의 바닷물을 강탈해 거대한 얼음 공을 만들겠다고 협박하는 외계 종족이라면 아무리 상대방을 놀려먹는 게 재미있다고 해도 당연히 이보다는 조심해야 했다. 하지만 솔직히 까놓고 말해보자. 조심한다고 사정이 나아질까? 우리의 외교적 제스처가 이 말하는 물고기들에게도 먹힐까? 이들의 언어에는 어떤 종류의 뉘앙스도 존재하지 않았다. 지구의 에티켓은 오히려 오해를 불러일으킬 수도 있었다. 저들은 우리의 에티켓을 만든 수천 년의 역사에 대해 아는 게 거의 없었다. 얼마 전까지 밤비 엄마가 진짜로 말하는 동물이라고 믿었던 것들이다.

그렇다면 차라리 패를 다 펼치고 솔직해지는 것도 나쁘지 않겠지.

"어른들을 불러와."

내가 말했다.

"그 질문의 의미를 이해하지 못하겠다."

황금빛이 말했다.

"우린, 그러니까 나는 너희들이 다 성장한 어른이라는 걸 믿을 수 없어. 너희들이 얼음 공을 만들려고 우주를 가로질러 여기까지 왔다는 것을 진짜로 믿으라는 거야?"

"우리 의도를 의심하는가?"

"의심을 풀고 싶다면 내 질문에 대답해. 너희들은 어느 별에서 왔지?"

"우린 언제나 여기에 있었다!"

"그렇지 않아. 15년 전, 그러니까 아홉 사이클 이전만 해도 너희들은 여기에 없었어. 너희들의 사이클 단위만 봐도 알 수 있어. 너희들은 공전주기가 지구의 1.7배인 행성에서 왔어. 우리 태양계에서 그와 가장 비슷한 곳은 화성이지. 하지만 거긴 몇백 년 전부터 우리가 살고 있어. 너희들은 다른 태양계에서 온 거야. 너희가 온 태양계는 어디에 있지?"

"우린 언제나 여기에 있었다!"

"그게 거짓말이라는 걸 너희도 알잖아. 열 사이클 전에, 스무 사이클 전에 너희들은 어디에 있었지?"

침묵이 흘렀다. 사고 속도가 우리보다 빠른 튜바들에게 내가 느꼈던 것보다 훨씬 길었을 그 침묵은 점점 더 길어지고 있었다.

한동안 나는 황금빛이 고장 났다고 생각했다. 정말로 오작동을 일으킨 로봇처럼 멈춰 있었으니까. 하지만 생각해 보니 그건 당연한 일이었다. 지금까지 어느 누구도 그들의 존재에 대해 질문하고 그에 대한 답변을 요구하지 않았을 것이며, 그들은 지금까지 단 한 번도 그런 상황이 올 것이라고 상상하지 못했을 것이다. 질문이란 타자에게서 오고, 상상력이란 경험에서 오는 법인데…….

머리 한 구석이 밝아졌다. 츠베타예바가 깨어나고 있었다. 물고기들이 메인 컴퓨터에 에너지를 보내기 위해 우주선에 스며들어 여기저기 손을 보고 있기는 했다. 하지만 이렇게 빨리 깨어날 거라고 예상하지는 못했다. 그럴 수 있는 상태가 아니었다. 내 목표도 츠베타예바를 완전히 깨우는 것이 아니라 잠수정 정도로만 조종해 내 두뇌의 부족한 기능을 채우려는 것이었다. 일이 지나치게 잘 풀려가고 있었다.

머릿속에 츠베타예바가 보낸 새 지도가 떴다. 이전 지도와 비교했다. 기하학적으로는 크게 달라진 게 없었다. 하지만 재배선으로 혼란스러웠던 내 머리가 전에 놓쳤던 것이 보였다.

나는 잠수정을 작동시켰다. 선체 주변에 만들어진 소용돌이가 황금빛과 부하들을 내동댕이쳤다. 잠수정은 막 닫히려는 둥근 문을 스치며 창고를 빠져나왔다.

6.
창고 밖은 인간들이 생각하는 복도와는 전혀 달랐다. 위아래도, 직선도 없는, 반투명한 튜브들이 사방팔방으로 가지를 치고 있었다. 거대한 짐승의 혈관 또는 햄스터 천국에 들어온 기분이랄까. 지도를 보면 군데군데 최단 거리를 이어주는 직선 통로들이 몇 개 있었지만 그쪽 보안을 뚫기란 불가능했다.

잠수정이 지도가 알려주는 길을 따라가는 동안 나는 에어록으로 뛰어들었다. 수정 같은 투명한 물이 쏟아져 들어왔다. 중력이 없었기 때문에 이들은 꿈틀거리는 젤리처럼 덩어리져 떠다니며 하나씩 다른 덩어리들과 합쳐지다가 잠수정이 방향을 바꾸거나 가감속을 할 때 이리저리 쓸려 다니면서 내 몸을 쳤다.

잠수정이 택한 길의 거리는 12.6킬로미터로, 조금 돌아가는 편이었고 목적지는 츠베타예바로부터 2킬로미터 떨어져 있었다. 츠베타예바는 잠수정으로 최대한 길게, 맨몸으로는 최대한 짧게 갈 수 있는 길들 중 가장 짧고, 변수에 보다 유연하게 대처할 수 있는 길을 선택한 것이다. 황금빛이 갑자기 창고로 뛰어들지 않았다면 나 역시 고려해 봤을 길이다. 물론 고민했을 것이다. 2킬로미터의 맨몸 질주를 쉽게 볼 수는 없었다. 하지만 츠베타예바가 채찍이라도 휘두르는 것처럼 지도를 깜빡였을 때 나는 별생각 없이 잠수정을 작동시킬 수밖에 없었다. 마치 우주선이 내 의지의 일부를 나누어 가진 것 같았다.

쿵쿵거리면서 잠수정 뒤가 흔들렸다. 튜바와 비슷한 크기에 거의 똑같이 생긴 기계 로봇들이 잠수정에 두 개의 손으로 달라붙어 나머지 두 손이 들고 있는 도구로 잠수정을 공격하고 있었다. 충격음이 들릴 때마다 잠수정 전체가 흔들렸고 선체 표면의 인공피부가 뜯겨져 나갔다. 피부 밑의 금속판이 하나씩 떨어져 나갔고 물이 쏟아져 들어왔다. 나는 방어용 물고기들을 모두 풀었다. 로봇 두 개가 물고기가 쏜 충격총에 맞아 나가 떨어졌지만 아직 네 개가 남아 있었고 계속 새 로봇들이 달라붙고 있었다. 물고기들의 방어 능력엔 한계가 있었다.

저들은 군인이 아니었다. 군인은 전쟁이 있어야 존재할 수 있고, 전쟁에는 타자가 필요하다. 폭발하는 아흐마토바에서 정신이 이전된 뒤로 나는 잠시 그들을 옛날 SF 영화에 나오는 호전적인 군대 무리로 보았다. 정말로 흔해 빠진 외계인 악당 같이 말하고 행동했던 황금빛 때문에 그 편견은 더 강해졌다. 하지만 다시 생각해 보면 내가 만난 튜바들은 그냥 현장 노동자들처럼 행동했을 뿐이었다. 고장 나 미쳐 날뛰는 기계를 어떻게든 제지하려는 노동자들. 중력 계산에 실패했음에도 불구하고 츠베타예바가 낯선 외계 문명의 모선 속에 그렇게 깊숙이 침투할 수 있었던 것도 처음부터 간첩선으로 설계된 츠베타예바와, 나폴레옹 연구로 박사학위를 받은 학자 겸 가상 전쟁 게임의 디자이너인 니콜라옌코 선장의 잔재, 그리고 바로 그 전쟁 게임에 환장한 열다섯 살 사관생도인 라리사 진의 정신이 합심해서 낯설기 짝이 없는 군대식 사고방식으로 그들을 공격했기 때문이었다. 그들이 지금까지 상대한 고장 난 기계들은 결코 츠베타예바처럼 행동하지 않았을 것이다.

내 잠수정이 두 동강이 날지도 모르는 판이었지만 난 심지어 황금빛도 이해가 갔다. 지구의 물을 모두 강탈하겠다는 협박이 사실이어도 이해가 갔고, 허풍이어도 이해가 갔다. 모두 우리 실수였다. 세상을 더 잘 아는 우리가 아이들을 이해하려 노력하며 더 어른스럽게 굴어야 했다.

선체의 금속 벽을 통해 청자색의 목소리가 들렸다. 워낙 시끄러워 잘 들리지 않았지만 내 통역기는 별다른 어려움 없이 그 고함 소리를 번역했다.

"멈추라, 라리사 진-a. 우린 계속 대화를 하고 싶다. 우리는 지구의 문명에 관해, 역사에 관해 더 알고 싶다. 당신은 우리와 대화를 해야 한다. 그들과 만나서는 안 된다. 그들은 당신의 상대가 아니다."

'그들'? 잘못 들은 게 아니었다. 청자색은 계속 '그들'이라고 말하고 있었다. 지금까지 내 추론을 박살 내는 단어였다. 모선에는 튜바를 제외한 다른 무언가가 있었던 건가? 튜바들은 지금까지 그 무언가와 나를 만나지 못하게 하려고 했던 걸까? 그 무언가는 '어른'일까? 여기 어딘가에 과거의 기억을 갖고 있는 어른들이 살고 있는 걸까? 그렇다면 왜……

잠수정이 동력을 잃고 느려지기 시작했다. 선체 3분의 2가 떨어져 나갔고 남은 부분은 조종실과 밑에 달린 에어록뿐이었다. 나는 수중 스쿠터에 매달려 에어록의 문을 열고 바깥으로 뛰쳐나갔다. 로봇 두 개가 기다렸다는 듯 잠수정 외벽에서 떨어져 나와 나를 향해 헤엄쳐 왔다. 나는 그들보다 빨랐다. 하지만 튜브 이곳저곳에서 다른 로봇들과 튜바들이 나를 향해 다가오고 있었다. 순식간에 나는 포위당했다. 원으로 둘러싸인 게 아니라 3차원의 공 모양으로 포위된 것이다.

나는 스쿠터를 멈추었다. 자칫 무리하다가는 주변의 튜바들이 다칠 수 있었다. 청자색의 말이 맞다면 다시 지구를 대표해 저들과 진지한 대화를 나눌 수 있는 길이 열린 것이다. 츠베타예바의 계획이 무엇이건 더 이상 가는 건 무리였다. 왜 갑자기 그들이 태도를 바꾸었는지, '그들'이 누군지는 여전히 알 수 없었지만 그건 차차 알아가면 된다.

하지만 나에겐 선택의 여지가 주어지지 않았다. 갑작스러운 소용돌이가 일어나 나를 포위한 튜바와 로봇들을 사방팔방으로 날려버렸고 소용돌이에서 튕겨 나온 커다란 물방울이 나와 스쿠터를 삼켰다. 정신을 차리기도 전에 내 몸은 위, 그러니까 내 머리 방향에 난 튜브로 빨려 들어갔다.

7.

내가 도착한 곳은 핑크색 공, 아니, 핑크색 조명 때문에 그렇게 보이는 하얀 공이었다. 꽤 컸다. 지름이 축구장 정도? 내가 빨려 들어온 입구는 순식간에 사라져 보이지 않았다.

츠베타예바는 기우뚱한 각도로 공 한가운데에 떠 있었다. 여기서 기우뚱하다는 건 내 관점에서 그렇다는 것이었다. 이거야 내가 자세를 바꾸면 즉시 수정할 수 있었다. 주변엔 내가 보낸 물고기들은 감지되지 않았다. 생각해 보니 츠베타예바와 연결된 뒤로 물고기들이 보내는 신호는 조금씩 희미해졌던 것 같다.

츠베타예바의 에어록은 열려 있었지만 안은 침수되어 있지 않았다. 무지개색으로 빛나는 얇은 막이 물과 공기 사이를 가로막고 있었다. 나는 막을 뚫고 안으로 들어가 문을 닫았다. 우주선은 완전히 깨어나 있었다. 에너지 구를 돌려받은 걸까? 아니면 다른 에너지원을 찾은 걸까? 나는 조종실 안으로 들어갔다.

눈 네 개 달린 날다람쥐의 하얀 유령이 의자에 앉아 나를 기다리고 있었다.

그 유령이 물리적으로 조종실에 존재했다는 말은 아니었다. 내 두뇌와 막 링크된 츠베타예바를 통해 전해진 영상정보가 내 눈으로 들어온 조종실의 이미지와 겹쳐진 것이다.

날다람쥐는 수생동물처럼 보였다. 하지만 육지 동물로 보아도 크게 이상하지 않았고 튜바에게서 느껴지던 괴상한 대칭성은 없었다. 눈만 빼면 지구에서 진화하다가 화석을 남기지 못하고 사라진 종이라고 우겨도 먹힐 정도였다.

"어서 오세요, 사절. 기다리고 있었습니다."

날다람쥐가 말했다. 살짝 함흥 억양이 섞인 표준 한국어. 유령은 내 목소리로, 내 말투로 말하고 있었다.

"불편을 끼쳐 죄송합니다. 우린 오래전부터 여러분과 연락하고 싶었습니다. 여러분과 소통하고 지식을 교환하고 싶었습니다. 하지만 몇 가지 문제 때문에 그게 쉽지 않았습니다. 짐작하셨겠지만, 우리 우주선은 심각하게 고장 난 상태입니다. 여러분의 도움을 받아 수리하고 싶습니다. 고장을 방치한다면 우리뿐만 아니라 이곳 문명에도 큰 위협이 됩니다."

"튜바를 막아달라는 말이군요."

내가 말했다.

"도움에는 그것도 포함됩니다. 그들은 위험한 존재입니다. 방치한다면 자멸할 때까지 태양계의 모든 행성을 공격하며 물을 약탈할 것입니다. 순전히 그걸로 공을 만드는 게 재미있다는 이유 하나 때문에요."

이제 모든 게 분명해졌다. 튜바들은 어딘가에 숨은 어른들이 낳은 아이가 아니었다. 그들은 내가 아직도 혀 밑에 넣고 빨고 있는 볼 베어링처럼 우주선의 부품들이었다. 날다람쥐들의 우주선을 운영하기 위해 만든 폰 노이만 머신, 단백질로 만들어진 의식 있는 기계였다.

순식간에 츠베타예바를 통해 날다람쥐가 보낸 정보들이 내 머릿속으로 쏟아져 들어왔다. 그들의 고향은 1,470광년 떨어진 곳에 한동안 존재했던 태양계였다. 지금은 초신성 폭발로 망상 성운이 흔적으로만 남아 있는 곳.

고향 별이 초신성이 될 것이 확실해지자 그들은 우주 여기저기에 우주선을 보냈다. 최고 속도가 광속의 30퍼센트인 우주선들에는 날다람쥐들이 타고 있지 않았다. 실려 있는 건 컴퓨터에 실린 그들의 의식과 문명의 기록과 그들의 육체를 재생할 수 있는 유전자 정보였다.

최종 목적지는 지구가 아니었다. 하지만 그들이 아직 모르는 어떤 이유 때문에 우주선은 원래 목적지에서 벗어나 우리를 향해 날아왔다. 그리고 수천 년의 세월이 흐르는 동안 우주선은 조금씩 손상되기 시작했다.

태양계에 가까워지고 튜바들이 깨어났을 때 날다람쥐가 예상하지 못했던 일이 일어났다. 튜바들이 고장 난 것이다. 그들은 날다람쥐들을 위한 거주지를 만드는 대신 스스로의 즐거움을 위해 공들을 만들었다. 그리고 그들은 갖고 있는 지식을 총동원해 그 즐거움을 방해하는 모든 요소들을 제거했다.

"우리에게 필요한 건 가스 행성 주변을 도는 적당한 크기의 위성이었습니다."

날다람쥐가 말했다.

"목성이나 토성에 놓으면 좋겠지만 천왕성이나 해왕성이어도 상관없습니다. 내부에 바다가 있는 얼음 위성 하나면 우리 문명은 다시 살아날 수 있습니다. 하지만 여러분이 튜바라고 부르는 저 기계들은 그것으로 만족하지 않을 겁니다."

"하지만 그러지 않겠지요. 그 작업이 끝나는 순간 그들의 존재 의미가 사라지니까요. 원래 계획은 어떻게 되었나요? 위성이 만들어지면 튜바들은 다 죽나요?"

"자기 복제가 중단됩니다. 스무 사이클의 수명을 다하면 모두 사라집니다. 그리고 다른 기능을 가진 다른 기계들이 태어납니다."

"하지만 저들은 죽고 싶지 않습니다. 지난 십여 년 동안 튜바들은 얼음 공만 만들지 않았어요. 호기심을 배웠고 노래하는 법도 익혔습니다. 조금만 더 지나면 그들만의 문명을 싹틔울 수 있어요."

"노래하는 튜바는 소수입니다. 대부분은 공놀이밖에 몰라요. 여러분이 기다리는 동안 저들은 전에 지구 문명과 전쟁을 일으킬 겁니다. 저들에겐 여러분을 멸망시킬 수 있는 지식과 힘이 있습니다. 아직 전쟁에 대해서는 아는 게 없지만 곧 여러분에게 배우겠지요. 이미 영어를 익히지 않았습니까. 여러분은 우주선 부속품의 공놀이 때문에 멸망하고 싶습니까?"

도저히 반박할 수 없었다. 츠베타예바 역시 날다람쥐의 논리를 분석해 보았지만 결과는 같았다. 날다람쥐가 어떤 비밀을 숨기고 있건, 튜바는 지금 태양계 문명의 가장 위험한 적이었다.

"우리가 어떻게 하면 되나요?"

내가 물었다.

"튜바들이 우리 모선이 완전히 깨어나는 것을 막고 있습니다. 지난 열 사이클 동안 우린 최선을 다했지만 겨우 1,728분의 1 정도만 살렸을 뿐입니다. 시스템을 키워 모선을 장악하려면 여러분의 도움이 필요합니다. 목성과 토성 궤도에 이미 우리에게 필요한 전함이 한 척씩 있습니다. 프로이데호와 아에테르눔호입니다. 이들은 튜바들의 상대가 안 됩니다. 너무 느리고 약하지요. 하지만 우리가 은폐 장치를 제공할 수 있습니다. 츠베타예바에 모두 실을 수 있을 정도로 작고요. 그리고 아직 튜바들은 은폐 기술의 개념 자체를 모릅니다. 아시지만 이들은 전쟁에 대해 잘 모르니까요. 그건 츠베타예바가 저 은폐 장비를 이용해 저들 몰래 여기서 빠져나갈 수 있다는 뜻이기도 합니다. 두 전함이 모선에 온다면 우린 여러분의 기술과 우리 기술을 결합해 모선의 시스템을 되살릴 수 있습니다. 그 과정 중 전함 두 척이 모두 파괴되겠지만, 이를 낭비라고 생각하시지는 않겠지요."

8.

츠베타예바는 무사히 튜바 모선, 아니, 날다람쥐의 모선에서 빠져나왔다. 은폐 장치는 완벽하게 작동했고 우리가 달아날 때까지 그들은 전혀 눈치채지 못했다. 아직도 스피커에서는 두 튜바의 목소리가 번갈아가며 들렸다. 황금빛은 으르렁거렸고 청자색은 애처롭게 호소했다. 난 그들 모두에게 연민을 느꼈지만 내가 할 일은 없었다. 나는 메신저에 불과했고 이제 책임은 태양계 정부로 넘어갔다. 수천 명의 인간과 인공지능 시민들이 고민하고 토론하면서 나보다 현명한 판단을 내리겠지. 내가 미심쩍다고 생각하는 것들, 그러니까 우리와 대화를 나눈 날다람쥐가 지나치게 사람처럼 생각하고 말한다는 것, 프로이데호와 아에테르눔호를 잃는다면 태양계 방위에 심각한 구멍이 생긴다는 것에 대해서도 그냥 넘기지는 않을 것이다. 말이 나왔으니 하는 말인데, 나는 과연 내가 만난 게 날다람쥐이긴 한 건지도 확신할 수 없었다. 튜바들의 기계 지성에 대한 공포증이 자꾸 신경 쓰였다.

어쩌겠어. 모든 좋은 것에는 끝이 있다. 150년의 평화는 너무 길었어. 슬슬 다시 고민하고 걱정할 시대가 열린 거야.

'저길 봐.'

츠베타예바가 말했다.

조종실이 어두워졌고 정면 모니터에 영상이 떴다. 우리가 막 지나친 튜바의 얼음 공이었다. 아무 흠도 없는 하얗고 완벽한 공과 같았던 이전 작품들과는 달리 이번 공은 표면의 80퍼센트가 정교한 패턴으로 덮여 있었다. 공을 완성한 뒤 깊이 50미터의 계곡을 꼼꼼하게 파서 물결치며 피어오르는 화사한 얼음꽃들을 그린 것이다. 저들은 어디서 저 아이디어를 얻었을까. 청자색처럼 지구의 예술과 자연에서 아이디어를 얻었을까, 아니면 스스로 자기만의 미의식을 깨우친 것일까. 저들을 그대로 둔다면 다음엔 무엇을 만들까.

 궁금해 미칠 것 같았다.

거북과 용과 새

공화력 78년 4월 7일

공화국의 영광.

공화국의 시종, 저 민수련이 거북땅에 무사히 도착했음을 차유연 동지에게 알립니다.

전기선으로 20일이 걸린 대여정이었습니다. 중간에 심한 폭풍을 한 번 만났지만 고맙게도 배가 이겨냈습니다. 중간에 노르만인이 크라켄이라고 부르는 거대한 괴물을 만났지만, 소문과는 달리 배에 대단한 위협을 가하지는 않았습니다. 어제는 몸길이가 50척은 되어 보이는 검은색 괴물이 지나가는 것을 보았는데, 선장에 따르면 악어고래라고 하는 그 괴물은 70척까지 자라고 그 크기가 되면 크라켄을 사냥한다고 합니다. 크라켄은 아직 덜 자란 악어고래를 사냥한다고 하니, 과연 모두가 먹고 먹히는 세상이라 하지 않을 수 없습니다.

제가 도착해 머물게 된 도시에 대해 소상히 말씀드리도록

하겠습니다.

이름은 아와스테라고 합니다. 소성邵城에 비하면 전체 크기는 작지만, 항구만은 소성항의 두 배가 넘고 분주합니다. 동쪽에는 도시 크기의 열 배가 넘는 거대한 짠물 호수가 있는데, 원래 바다였으나 200년 전 지진으로 물길이 막혔다고 합니다. 날씨는 건조하고 서늘합니다.

사람들은 다양합니다. 우리 같은 동양 사람들도 많지만, 동쪽 해안의 식민지에서 온 서양 사람들도 군데군데 보입니다. 이들 상당수는 금을 찾으러 왔습니다. 이틀 전, 어느 운 좋은 이스파니아 사람 한 명이 길에서 주먹만 한 황금 덩어리를 주웠다고, 고려인 안내인이 말해주었습니다. 황혼국 정부는 개인이 금을 외부로 유출하는 것을 막기 때문에 아마 그 사람은 이곳에 꽤 오래 머물러야 할 것입니다.

놀라운 것을 보았습니다. 집채만 한 거북을요. 과장이 아닙니다. 혁명 전 저희 조부모는 딱 그 거북만 한 집에서 살았습니다. 그 거북이 느릿느릿 큰길을 막고 걸어 다니며 길가의 풀을 뜯고 낮잠을 자는데, 아무도 두려워하지도, 귀찮아하지도 않았습니다. 사람들이 엄마라고 부르는 그 거북은 도시가 만들어지기 전부터 이곳에 살았고 앞으로도 그곳에 살 것이며 이를 막아야 할 어떤 이유도 없다고, 이곳 사람들은 말합니다.

 이곳이 거북땅이라 불리는 이유를 알 것 같습니다. 저런 짐승이 돌아다니는 곳에서 사는 사람들이 자기 땅을 거대한 거북이라고 생각하는 건 당연한 일이 아닙니까.

(편지의 나머지는 고려 공화국 정부 2급 암호문으로 적혀 있다.)

공화력 78년 4월 9일

 공화국의 영광.

 숭웅 장군 동상의 조립이 어제부터 시작되었습니다.

 기술적으로는 큰 문제가 없습니다. 기반이 되는 화강암 탑은 이곳 장인들이 1년 전에 완성했고 우리 측 전문가에 따르면 만듦새가 훌륭하다고 합니다. 동상을 조립해 탑에 세우는 작업도 닷새면 끝날 것 같습니다.

 문제가 되는 것은 예술적 견해차입니다. 그리고 이것은 자연스럽게 정치와 연결되지요. 지금까지 거북땅 일에는 별 관심이 없으셨을 테니, 간단히 상황을 정리해 드리겠습니다.

 10년 전 이스파니아인들은 누에바 바자에 미겔 데 오르테가의 동상을 세웠습니다. 침략자를 영웅시하는 것이나 다름 없는 일이라, 황혼국 사람들은 이를 일제히 비난했습니다. 그리고 이들은 이에 맞서기 위해 삼년전쟁의 영웅 숭웅 장군의 동상을 아와스테에 세우기로 결정합니다. 완공일은 거북력으로 종전 백 주년이 되는 올해 4월 28일 이전이어야 했습니다.

문제는 융족 문화에 미술이 없다는 것이었습니다. 정확히 말하면 거의 없습니다. 이들은 훌륭한 음악가지만 미술과 관련된 어떤 욕망도 갖고 있지 않은 것 같습니다. 이들이 만든 도구나 무기가 아름답다면 그건 기능성이 아름다움을 강요했기 때문입니다. 이들은 동상을 만들고 싶어 하지도 않습니다. 정치적인 이유로 허락했을 뿐입니다.

그렇다면 다른 거북땅 사람들이 만들면 되지 않느냐. 그게 그렇게 간단하지 않습니다. 거북땅은 우리 땅이 그렇듯 수백이 넘는 부족들이 모여 사는 곳이기 때문입니다. 서양 침략자에 맞서기 위해 동맹을 맺었고 황혼국을 함께 세웠지만, 이들은 여전히 경쟁 관계에 있습니다. 문제는 이들이 모두 각자 고유의 미술 전통을 갖고 있으며 최근 들어 예술적인 경쟁 역시 거세지고 있다는 것입니다. 이들 중 하나의 전통만을 골라 동상에 반영할 수 없습니다. 그렇다고 모든 걸 있는 그대로 모방하는 서양 사람들의 전통을 따를 수는 없었습니다.

그때 공화국의 시종 저 민수련이 놀라운 생각을 해냈습니다. 우리 공화국이 그 동상을 만들면 어떨까. 그리고 그 동상을 종전 백 주년 기념으로 황혼국에 선물하면 어떨까. 숭웅 장군의 승리는 거북땅의 승리만이 아니지 않습니까. 삼년전쟁은 압제와 맞서 싸우는 전 세계 모든 인민에게 희망의 등불이었습니다. 우리 역시 숭웅 장군을 예찬할 자격이 있으며 이 계획이 현실화된다면 서양 침략자에 맞선 거북땅의 전쟁은 세계사 안에서 더 큰 의미로 기억되고 예찬될 것입니다. 거북땅 사람들은 저의 이 생각을 긍정적으로 받아들였고 5년 4개월이 지난 지금, 제가 동상과 함께 여기에 와 있게 된 것입니다.

슬프게도 제 생각은 모든 문제를 해결하지는 못했습니다. 여전히 거북땅이 아닌 다른 땅 예술가에게 이 일을 맡긴 것을 항의하는 사람들이 있습니다. 융족과의 관계, 예술적 우월함을 내세워 자기네들이 그 작업을 해야 했다고 주장하는 사람들도 있습니다. 그리고 놀라울 정도로 많은 사람이 숭웅 장군의 업적을 부정하고 융족에 대한 반감을 드러냈습니다.

"얼마 전까지만 해도 우리를 잡아먹던 자들입니다. 글도 모르고 예술도 모르는 짐승들입니다. 어떻게 우리가 저들을 숭상할 수 있습니까?"

광장 앞에서 시위하던 모하비 사람이 저에게 말했습니다.

저는 거북땅 공용 문자가 공용어와 함께 만들어진 건 겨우 150년 전이고 융족이 훌륭한 음악가라는 사실을 지적했지만 남자는 설득되지 않았습니다.

"늑대도 울고 새도 울고 용도 웁니다. 그건 아무것도 말해 주지 않습니다."

저는 실망했습니다. 모든 거북땅 사람들이 융족의 칸타타와 오라토리오가 가진 정교함과 아름다움을 예찬할 줄 알았기 때문입니다. 제가 거북땅의 언어와 문화를 배우기 시작한 것도 융족의 음악 때문이었습니다. 하지만 제 긴 이야기로 시위자를 설득하는 건 불가능했고 그건 또 제 일이 아니기도 했습니다.

(편지의 나머지는 고려 공화국 정부 2급 암호문으로 적혀 있다.)

공화력 78년 4월 15일

공화국의 영광.

동상이 완공되었습니다. 원래는 이틀 전에 끝났어야 했습니다. 저희가 조립 과정을 공개하지 않았다면 정말 그때 끝날 수도 있었습니다. 하지만 동상의 관절을 조작해 숭웅 장군과 세뿔소의 자세를 바꿀 수 있다는 걸 이곳 사람들이 알아차리자, 간섭이 시작되었습니다. 자세가 너무 엉거주춤하다, 아니다, 너무 뻣뻣하다. 장군은 세뿔소에 타고 있어야 한다. 아니다, 옆에 서 있는 지금 자세가 맞지만, 동료 짐승에게 조금 더 애정을 보여주어야 한다.

영원히 이어질 것 같았던 간섭은 어제 아침에 갑작스럽게 끝났습니다. 밤을 새운 토론이 벌어지던 광장에 세뿔소를 탄 융족 한 명이 들어온 것입니다.

꿈 같았습니다. 그 융족은 우리가 세우려는 동상의 주인공과 생김새가 똑같았습니다. 우리는 융족의 얼굴을 그렇게 분명하게 구별하지 못하며, 우리의 동상이 서양 사람의 동상처럼 원본을 그대로 모방한 것도 아니었습니다. 하지만 그래도 훌륭한 예술품이 지닌 정수라는 게 있지 않습니까. 숭웅 장군이 1세기 전에 전사했다는 것을 모르는 사람이 그 광경을 보았다면 우리의 동상이 막 세뿔소에서 내린 융족을 원본으로 삼았다고 확신했을 것입니다.

그 융족은 숭웅 3세였습니다. 숭웅 장군의 손녀였지요. 그냥 손녀가 아니라 '직계' 손녀였습니다. 융족의 여자들은 남자와의 교접 없이도 아기를 낳을 수 있는데, 그렇게 해서 태어난 아기는 어머니와 똑같은 모습으로 자랍니다. 그러니까

숭옹 3세는 융족에게 살아 있는 동상이나 마찬가지인 존재입니다.

숭옹 3세는 제가 맨눈으로 처음 본 융족이었습니다. 저는 여기 오기 전에 융족을 찍은 빛그림을 수백 장 보았고 심지어 해부도도 연구했습니다. 그 생김새에 대해 이미 알 만큼 안다고 생각했지요. 온몸은 짧은 회색 깃털로 덮여 있고 얼굴은 올빼미와 고양이 중간이고 머리칼 대신 삐죽 솟은 장식 깃털이 나 있고 앙상한 손가락 끝에 난 검은 손톱은 원뿔형이며 무엇보다 무릎이 우리와 반대 방향입니다. 하지만 직접 본 융족은 제가 생각했던 것과 전혀 달랐습니다. 더 컸고 이상했고 낯설었습니다. 다르다는 것, 어떻게 다르다는 것 모두 알고 있었지만 이렇게 다를 줄은 몰랐습니다.

아직도 많은 이들이 착각하는데, 융족은 사람이 아닙니다. 어쩌다 보니 사람과 비슷한 모양을 취한 용의 일족입니다. 그리고 이들은 천 년 전까지만 해도 인간을 사냥해 먹었습니다. 융족이 인간 먹기를 그만두고 인간의 문화와 언어를 받아들이는 이야기는 거북땅 역사의 가장 큰 덩어리를 이루는데, 설마 이것도 모르시지는 않겠지요.

사람들은 허겁지겁 뒤로 물러났고 동상까지 이어지는 길이 생겨났습니다. 저는 돌처럼 굳은 채 숭옹 3세가 화강암 탑 옆에 누워 있는 할머니의 동상을 손톱 끝으로 어루만지는 것을 바라보았습니다.

"누가 이 동상을 만든 장인입니까?"

쩌렁쩌렁한 목소리가 광장 전체에 울렸습니다. 도저히 여자의 목소리로 느껴지지 않는 저음이었습니다. 융족은 여자와 남자가 우리와 많이 다릅니다. 여자가 남자보다 머리 하나 더 크고 목소리도 굵지요. 융족 합창에서 고음을 담당하는 것도 남자들입니다. 조금 더 설명을 덧붙이자면 이들은 발성 방법도 조금 다릅니다. 예를 들어 입의 구조 때문에 치찰음이 없지만 혀와 성대를 우리보다 정교하게 놀리기 때문에 우리가 발음할 수 없는 특별한 소리로 이를 대체하지요. 거북땅의 언어를 배우는 사람들은 융족의 발성을 축음기를 통해 따로 익혀야 합니다.

저는 데리고 온 장인들과 함께 앞으로 나와 갑자기 막혀서 안 나오는 거북땅 말로 버벅거리며 인사를 했습니다. 제 말이 끝나자마자 광장은 자기 의견을 전달하려는 수많은 사람의 외침으로 다시 시끄러워졌습니다. 하지만 슝웅 3세는 아무것도 들리지 않는 듯 동상과 우리가 건넨 계획도를 번갈아 들여다보기만 할 뿐이었습니다.

5분쯤 지났을까? 갑자기 요란한 나팔 소리가 들렸습니다.

융족에게만 있는 콧속의 공간을 울려 낸 소리였지요. 숭웅 3세는 계획도를 우리에게 넘기고 꼿꼿하게 몸을 펴더니 이렇게 말하더군요.

"장인들을 존중합시다. 서역 땅 사람들의 선물을 있는 그대로 고맙게 여깁시다."

여기서 서역 땅이란 우리 동양을 가리킵니다. 거북땅 사람들에겐 동양이 서녘이고 서양이 동녘이니까요. 하여간 그때까지 계속되었던 소란은 순식간에 멎었습니다. 사람들은 흩어졌고 광장엔 우리 일행과 시청 직원들만 남았지요. 숭웅 3세는 다시 한번 할머니의 동상을 응시하더니 광장 언저리에서 얌전히 기다리고 있던 세뿔소에 올라타고 동쪽으로 떠나갔습니다.

(편지의 나머지는 고려 공화국 정부 2급 암호문으로 적혀 있다.)

공화력 78년 4월 30일

공화국의 영광.

숭웅 3세가 융족 영토에 우리를 초대했습니다.

종전 백 주년 기념식이 끝난 직후였습니다. 교역단 사람들은 여전히 바빴지만 동상 제막과 함께 제 일은 끝난 것이기에, 저는 연회장에서 마음 편히 거북땅에서만 나는 채소와 과일로 만든 신기한 요리를 먹으며 그쪽 문화부 직원과 함께 융족 음악에 대한 즐거운 대화를 나누었습니다. 그쪽으로부터 작년에 녹음된 새 오라토리오 전집을 선물로 주겠다는 약속을 받았는데, 한 면에 40분 이상을 담을 수 있는 최신 축음판에 녹음된 것이라, 각 장이 중간에 끊어지는 일이 없이 들을 수 있다고 합니다.

이야기가 한참 무르익었을 때 언젠가부터 제 앞자리에 앉아 있던 숭웅 3세가 저에게 융족 음악을 직접 들어본 적 있느냐고 물었습니다. 아쉽게도 저는 고개를 저을 수밖에 없었지요. 융족 음악의 즉흥성을 고려해 보면 축음판으로 듣는 음악은 한계가 있을 수밖에 없었고 전 언제나 그게 아쉬웠습니다.

다음 날 아침, 제 숙소에 아와스테 시 정부의 전령이 찾아왔습니다. 들고 온 나팔을 짧게 불더니 들고 온 두루마리를 펼쳐서 길게 낭송하더군요. 다 읊을 때까지 한 5분 걸렸는데, 장황한 형식적 문구들을 잘라내면 내용은 간단했습니다. 숭웅 3세가 저를 아와스테에서 천 리 떨어져 있는 융족의 알집에 초대한다는 것이었습니다. 대단한 영광이었습니다. 여기에 초대받은 인간은 극히 드물었으니까요. 거북땅 바깥사람은 손에 꼽을 정도였습니다. 그 엄청난 기회가 저에게 온 것입니다.

저는 아와스테 시 정부와 황혼국 외무부 직원들, 그리고 저와 함께 온 제 상관들과 상의했습니다. 이들은 모두 제가 그 축제에 가는 것에 찬성했습니다. 단지 시장은 제가 혼자 갈 수는 없으니 정부군 소속 여자 군인 한 명을 붙여주겠다고 했습니다. 제가 융족을 믿을 수 없냐고 묻자, 그 사람은 웃으면서 말했습니다.

"융족은 신뢰할 수 있는 종족입니다. 하지만 그렇다고 육식 동물의 무리에 혼자 들어가는 것이 현명할까요?"

거북땅 사람들과 융족의 관계를 압축해 설명해 주는 문장이었습니다.

저는 지금 여행 준비를 하면서 이 보고서를 쓰고 있습니다. 시 정부는 저에게 훈련된 세뿔소 두 마리와 우차牛車 하나 그리고 저와 경호원이 최소한 한 달을 버틸 수 있는 식료품과 위생품을 제공해 주었습니다. 식료품은 대부분 금속 통조림과 말린 곡물인데 중간중간에 융족이 사냥한 짐승의 고기와 토착 과일 먹기를 시도해 볼 생각입니다.

(편지의 나머지는 고려 공화국 정부 2급 암호문으로 적혀 있다.)

공화력 78년 5월 5일

이 글이 편지인지, 일기인지 모르겠군요. 그냥 개성 사무실에서 아무 생각 없이 녹차를 마시며 빈둥거리고 있을 차유연 동지에게 쓰는 편지라고 생각하겠습니다. 나중에 진짜 보고서를 보낼 기회가 왔을 때 양식에 맞춰 다시 고쳐 쓰면 되겠지요.

지금까지 여행은 평온하고 즐거웠습니다. 제 경호원 카야가 우차와 세뿔소를 책임지고 있으니 저는 할 일이 별로 없습니다. 그래도 저는 게으름쟁이처럼 보이기 싫어 최대한 일을 찾아서 하는 중입니다. 우차 안을 최대한 깔끔하게 정리하고 틈만 나면 빨래와 요리도 하지요. 요리라고는 하지만 통조림 속 채소나 고기를 곡물 가루와 섞어 죽을 만드는 게 전부인데, 꽤 맛있습니다. 통조림의 종류도 다양해서 이것만 먹어도 쉽게 질리지는 않을 것 같습니다.

저희와 함께 여행하는 융족은 세 명입니다. 숭웅 3세와 동행 두 명인데, 모두 여자입니다. 두 명은 아직 이름을 모릅니다. 그쪽에서 알려주기 전에는 이름을 묻지 않는 것이 융족의 예절입니다. 전 그냥 깃털 모양으로 둘을 구분합니다. 한 명은 장식 깃털이 주황색이고 다른 한 명은 보라색에 가깝습니다. 숭웅 3세의 깃털은 할머니처럼 선홍색이고요.

황혼국을 떠나자마자 융족들이 한 일은 옷을 벗는 것이었습니다. 인간들과 함께 있을 때 그들은 아마포로 만든 헐렁한 옷을 입고 있었습니다만, 이건 순전히 인간들에 대한 배려였습니다. 융족에게 옷은 깃털 없는 인간들이나 입는 불편하고 불결한 천 조각에 불과했습니다. 솔직히 속옷 빨래를 할 때마다 융족의 의견에 동의하고 싶어집니다. 인간은 왜 이렇게 물건이 많이 필요한 것일까요? 왜 옷과 신발, 모자, 이불, 베개, 의자, 침대와 같은 물건에 얽매여 살 수밖에 없는 걸까요.

융족에게는 그 어떤 것도 필요하지 않습니다. 사냥하고 사냥감을 해체할 때 칼과 활을 쓰긴 하는데, 웬만한 동물은 도구 없이도 잡을 수 있습니다. 잠잘 때도 이불 따위는 덮지 않고 인간에게는 불가능한 이상한 자세로 똬리를 트는데 그것만으로 충분한 것 같습니다. 가끔 불로 요리를 하지만 날고기와 생피를 먹고 마시는 것을 당연하게 여깁니다. 당황스러울 정도로 문명으로부터 자유로워, 이들은 종종 그냥 짐승처럼 보입니다. 길들인 세뿔소, 등에 짊어진 도구가 든 작은 가방을 무시한다면 말이지요.

웅족과 세뿔소의 관계는 룽유라고 불립니다. 친구나 동료와 비슷한 뜻입니다. 융족에게 룽유 관계는 거의 종교적입니다. 융족은 세뿔소와 룽유 관계를 맺었기 때문에 아주 특별한 경우가 아니면 세뿔소에게 해를 입힐 수 없습니다. 세뿔소의 고기를 먹는 건 오로지 이 짐승이 다른 이유로 죽었을 때만 가능합니다. 그때는 반드시 고기를 먹어야 해요. 그건 룽유 관계를 맺은 짐승에 대한 예의입니다.

세뿔소는 융족이 룽유 관계를 맺은 두 번째 동물입니다. 첫 번째는 개입니다. 세 번째는 인간이고요. 알겠습니까? 룽유 관계 안에서 인간은 세뿔소나 개보다 특별히 나을 것이 없습니다. 오히려 못하죠. 융족과 인간의 룽유 관계는 아직 불안하기 짝이 없으며 서양 사람들이 들어오면서 더 불안해졌습니다.

카야는 융족 친구들이 짊어지고 있는 가방이 인간 가죽으로 만든 것이라고 알려주었습니다. 인간 적군의 가죽을 벗겨 만들었다고 생각하실 수 있을 텐데, 아닙니다. 융족은 전쟁터에서 죽인 인간의 시체는 건드리지도 않으니까요. 아마 친한 친구의 것이거나 어머니나 할머니의 친한 친구의 가죽으로 만든 것이겠지요. 어느 쪽이건 그 인간 친구의 몸은 융족이 나누어 먹었을 것입니다.

룽유 관계는 인간에게도 영향을 끼쳐서 거북땅 사람들은 개와 세뿔소를 보호합니다. 하지만 동쪽 식민지의 서양 사람들은 이를 이해하지 못하지요. 그 때문에 종종 갈등이 발생합니다.

거북땅의 지도를 보죠. 우선 서쪽 해안에는 황혼국이 있습니다. 동쪽 해안에는 서양 사람들이 세운 식민지들이 있고요. 그 식민지들의 서쪽 경계선에는 역시 거북땅 사람들이 장벽처럼 세운 태양국이 있습니다. 그리고 그 사이에 있는 거대한 땅덩어리에는 국가가 없습니다. 어떤 사람들은 그곳을 융족의 나라라고 부르지만, 아닙니다. 자유지라는 공식 명칭이 더 그럴싸해요. 융족과 거북땅 사람들은 그곳에 어떤 국가도 세우지 않기 위해 서양 사람들과 싸웠습니다.

말은 이렇지만 사정은 간단치가 않습니다. 세월이 흐를수록 자유지는 점점 국가의 관리가 필요한 곳이 되어가고 있습니다. 일단 태양국을 가로질러 들어오는 서양인들의 밀렵, 불법 채굴 등등을 막아야 하니까요. 자유지 안에 사는 여러 거북땅 사람들의 갈등도 만만치 않고요. 그 때문에 두 나라와 식민지들 사이에서 온갖 타협과 편법이 오가는 중입니다. 어떤 사람들은 융족이 자유지에 국가를 세워야 한다고 생각하고 저도 그게 상식적으로 옳은 답 같은데, 융족들은 아직 그럴 생각이 없는 것 같습니다. 적어도 제가 읽은 황혼국 자료에 따르면 말이죠.

공화력 78년 5월 8일

천둥새를 보았습니다.

활짝 편 날개 길이가 20척은 넘어 보이는 거대한 파란 새였습니다. 사람만 한 용 또는 그냥 사람일 수도 있는 짐승을 움켜쥐고 날고 있더군요. 지켜보고 있노라니 그 짐승이 떨어지는 게 보였습니다. 그리고 그 떨어진 짐승을 향해 날아가더군요. 그게 천둥새의 사냥법입니다.

이 사냥법을 역으로 이용하려는 서양 사람들이 있습니다. 그들은 눈에 잘 뜨이는 빨간 옷을 입고 돌아다니다 일부러 천둥새에게 잡힙니다. 그리고 새가 공중에서 떨어뜨리면 낙하산을 펼쳐 하늘에서 천천히 내려오는 것입니다.

미친 거 아닙니까?

거북땅은 정말 이상한 동물로 가득 한 곳입니다. 천둥새는 그중 정상적인 편입니다. 덩치는 크지만 그래도 새니까요. 전에 이야기했던 아와스테의 거북도 크지만 그래도 거북입니다. 하지만 용은 오로지 거북땅과 그 밑의 황금땅에만 살지요.

정말 별별 것들이 다 있습니다. 어떤 용은 깃털이 나 있고 어떤 것은 코끼리처럼 맨몸입니다. 어떤 것은 네 발로 걷고 어떤 것은 두 발로 걷습니다. 날아다니는 것도, 헤엄치는 것도 있습니다. 그리고 융족이 있지요.

원래 용들은 우리 땅에도 살았습니다. 고려에서도 땅을 파보면 용의 화석이 나옵니다. 그중 어떤 것은 거북땅의 어떤 용보다도 큽니다. 하지만 5000만 년 전, 남중국에 떨어진 운석 때문에 이들은 모두 죽었습니다. 거북땅과 황금땅의 용들은 어떻게 다시 살아남았지만, 다른 땅의 용들은 그렇게 운이 좋지 못했습니다.

전 며칠째 용의 고기로 저녁을 먹었습니다. 황혼국에서 떠나자마자 융족들은 염소만 한 크기의 용을 사냥했습니다. 다리를 다쳐 무리에서 떨어진 짐승이었습니다. 융족들은 신속하게 용의 목을 꺾고 아직도 몸부림치는 몸에서 칼집을 내 피를 마셨습니다. 그리고 가죽을 벗겨 고기를 먹고 두툼한 꼬리 고기와 뼈에서 긁어낸 골수, 약간의 간을 우리에게 주었습니다. 맛과 식감은 닭고기와 쇠고기의 중간 정도였습니다. 기름기가 없고 담백했습니다. 전 용 고기를 삶아 먹고, 골수를 발라 구워 먹고, 카야가 준 향료와 감자를 넣어 간과 함께 죽으로 만들어 먹고, 남은 것은 얇게 저며 양념에 적셨다가 말렸습니다. 그러는 동안 융족들은 물과 곡물 말린 것 약간을 제외하면 아무것도 먹지 않았고 제 요리에도 큰 관심이 없어 보였습니다.

공화력 78년 5월 9일

에린에서 온 켈트인 부부를 만났습니다. 아내는 화가였고 남편은 용을 연구하는 학자였습니다. 우리는 나전어羅甸語로 대화를 나누었습니다. 학자 남편은 거북땅과 황금땅의 용들이 바다를 건너 우리 땅으로 넘어와 용과 기타 괴물의 전설을 만들었다고 믿고 있었습니다. 몇 달 전 에린의 서쪽 해안에서 천년도 안 된 용의 뼈가 발견되었다고 말하던데, 얼마나 믿을 수 있는 정보인지 모르겠습니다.

화가 아내로부터 이 지역의 사정을 들었습니다. 최근 이 근처에 온 서양인들(주로 프란시아와 이스파니아에서 온 사람들인데)이 수상쩍은 음모를 꾸미고 있는 것 같다고 했습니다. 자유지에서 서양인들이 부족을 만드는 것 자체는 금지되어 있지 않습니다. 하지만 부족 하나의 머릿수는 협정으로 엄격하게 제한되어 있지요. 그런데 이들이 꼼수를 부려 수를 늘렸고 대량의 자동화기를 프란시아 식민지에서 밀수해 들여오고 있다는 것이었습니다.

부부가 떠나자, 저와 숭웅 3세는 이에 관해 토론을 나누었습니다. 저는 이것이 자유지가 독립 국가가 되어야 하는 이유라고 주장했습니다. 지금 자유지에서 발생하는 모든 문제는 국가와 정부만이 해결할 수 있고, 국가 없는 자유는 허상이며, 지금 이곳을 지탱하는 수많은 협정은 농담거리에 불과하다고 말입니다. 하지만 숭웅 3세는 제 생각 상당 부분을 인정하면서도 자유지의 이상을 버릴 수는 없다고 대답했습니다. 하긴 전설이 되어 죽은 할머니의 기념비로 존재하는 이니까요. 할머니와 다른 생각을 갖고 있어도 조심스러울 수밖에 없겠지요.

공화력 78년 5월 10일

어젯밤 알집에 도착했습니다. 그때는 자정 무렵이라 산기슭에 있는 돌담 정도만 간신히 보였습니다. 잠은 마당에 세워 놓은 우차에서 잤고 아침에야 손님방으로 안내되었습니다.

알집은 인구가 300명 정도 되는 요새입니다. 돌산으로 뒤가 막힌 반원형의 돌담 안에 24개의 돌 건물이 있지요. 모두 벽과 크게 구분되지 않는 돔 모양의 지붕을 쓰고 있습니다. 돌담은 속이 빈 아치 구조이고 역시 지붕이 둥글게 생겼습니다. 둥글둥글한 회색 돌 더미들이 여기저기 놓여 있는 모양을 상상하시면 되겠습니다. 이 건물들은 오로지 다양한 모양으로 깬 돌들을 정교하게 쌓아 만들어졌고 돌 이외에 어떤 재료도 들어가지 않았습니다.

알집 인구 80퍼센트는 여자입니다. 알집이라는 것 자체가 알과 임산부를 다른 포식자로부터 보호하기 위해 만들어졌기 때문입니다. 임산부의 시중을 들고 알을 보살피는 몸집 작은 남자들이, 개들과 함께 뛰어다니는 아이들 사이에서 바쁘게 돌아다니는 걸 볼 수 있지만 이 세계는 철저하게 여자 중심으로 돌아갑니다. 여자들은 모두 각자의 방 하나씩을 배정받고 그 안에서 직접 알을 위한 둥지를 만듭니다. 알은 언제나 하나이고 껍질은 가죽처럼 부드럽고 물렁합니다. 얼마 전에 만난 켈트인 학자는 융족이 많은 용처럼 난태생으로 옮겨가는 중이라고 주장했습니다. 몇천 세대 이후의 융족은 우리처럼 아기를 낳을지도 모르죠.

그리고 무엇보다 이곳은 음악으로 가득 차 있습니다.

융족과 여행하는 며칠 동안 전 노래 같은 걸 거의 들은 적이 없습니다. 걷거나 세뿔소를 타면서 작은 소리로 흥얼거리는 건 가끔 들은 적 있어요. 음악에 대한 대화를 나눌 때 사례를 들기 위해 짧은 노래를 불러주기도 했습니다. 하지만 그게 전부였습니다. 그들에게 여행과 사냥, 음악은 모두 진지하기 짝이 없는 것이었습니다. 대충 섞을 수 있는 게 아니었어요.

알집은 이들이 음악에 집중할 수 있는 몇 안 되는 곳입니다. 많은 음악이 알집이라는 공간에 특화되어 있지요. 새로 태어나는 아이들을 위한 노래, 어머니들을 위한 노래가 가장 중요하지만 어머니가 되기 위해 온 여자들의 인생 경험도 중요한 소재이기에 노래의 소재는 무궁무진합니다. 아, 이들에겐 인간도 중요한 소재입니다. 이런 노래는 대충 이렇게 시작해요. "나는 며칠 전 인간이 이상한 짓을 하는 걸 보았지." "내 친구가 말하길, 인간들이 또 이상해졌다는데."

융족은 사용하는 도구의 개수를 최대한 줄이려는 경향이 있지만 악기는 예외입니다. 이들에겐 온갖 종류의 악기들이 있고 모두가 서너 개 이상을 연주할 줄 압니다. 타악기가 가장 많지만, 관악기와 현악기의 종류도 만만치가 않지요. 단지 우리의 관현악단과는 달리 악기의 모양과 음색은 통일되어 있지 않습니다. 모든 악기가 각기 다른 소리를 내기 때문에 정확히 같은 음색이 반복되는 일은 거의 없습니다. 그래서 녹음 기록이 중요한 것이지요.

도착한 지 하루도 지나지 않았지만 저는 벌써 세 차례나 음악회에 초대받았습니다. 다들 먼 서역 땅에서 온 인간이 융족의 언어를 알고 융족의 음악을 이해할 수 있다는 게 신기한 모양이었습니다. 제가 집에서 가져온 피리로 이들의 합주에 참여하자 다들 웅웅 소리를 내며 환호했습니다. 웅웅 소리는 박수와 같은 것입니다. 융족의 손은 우리와 모양이 달라서 손뼉을 쳐 소리를 내기가 어렵습니다.

공화력 78년 / 거북력 100년 5월 15일

공화국의 영광.

고려 공화국의 시종, 저 민수련이 고려 공화국과 황혼국과 태양국 그리고 자유지의 모든 동지에게 알립니다.

저는 공화력 78년 4월 30일, 숭웅 3세로부터 웅구라이 알집에 초대를 받았습니다. 열흘간의 여행 끝에 목적지에 도착했고 융족의 환대를 받았습니다. 이 모든 것에 진심으로 감사드립니다.

두 종족 간의 아름다운 우정과 화합의 여정이 인간 야만인들에 의해 깨진 것은 유감스럽기 짝이 없는 일입니다.

여기서 야만인은 프란시아와 이스파니아의 식민지에서 온 대륙통일단의 무리를 가리킵니다. 이들은 거북땅이 서양인의 손에 의해 하나의 나라로 통일되어야 한다고 주장합니다. 이들에 따르면 자유지의 평야는 곡물과 가축을 위해 존재하고,

사방에서 사람들이 기아로 죽어나가는 지금, 인간들이 이곳에서 생산의 임무를 방치하는 것은 죄입니다. 황혼국과 태양국은 진정한 문명국가의 어설픈 흉내에 불과하고 융족은 말하는 짐승 이상도 이하도 아닙니다.

아시다시피 대륙통일단은 몇십 년 전부터 식민지와 자유지 곳곳에서 암약하고 있었고 황혼국과 태양국 그리고 자유지의 모든 인간과 융족이 이를 인지하고 있었습니다. 아직 수가 그리 많지 않아서 방치된 채 감시되었을 뿐입니다.

공화력 78년/거북력 100년 5월 13일 오전 4시 정각, 대륙통일단의 군대가 웅구라이 알집을 습격했습니다. 머릿수는 1,200명으로 추산되며, 이들은 모두 알비온과 덴마크에서 만든 최첨단 자동화기로 무장하고 있었습니다. 이 물건들이 어떻게 들어왔건 하나 이상의 식민지가 협정을 위반한 것이 분명합니다.

야만인들의 목표는 숭웅 3세였습니다. 그들은 종전 백 주년이 되는 해에 삼년전쟁 영웅의 직계 손녀를 살해해 거북땅 혁명을 더럽히고 알집의 모든 융족을 학살해 새로운 전쟁의 횃불을 당기려 했습니다.

처음에는 이 기습이 성공을 거둔 것처럼 보였습니다. 폭탄으로 돌담 일부가 무너졌고 이전에 돌담을 넘어 들어온 군인들이 알집의 대문을 열었습니다. 인간들은 총질을 하며 알집 안으로 쳐들어왔습니다.

이들이 몰랐던 것은 대륙통일단의 욕망과 논리가 단순하기 짝이 없는 것이라, 융족과 자유지의 다른 인간들도 대비가 되어 있었다는 점입니다. 몇 달 전부터 알집에서는 이에 대한 훈련이 되어 있었습니다. 임산부와 아이들, 알들은 신속하게 산속 동굴에 있는 안전 구역으로 옮겨졌습니다. 그리고 그 안전 구역에는 오래전부터 융족과 인간의 연합 부대가 대기하고 있었지요. 인간 쪽은 대부분 유키와 마이두 사람들이었지만 우리 같은 동양인과 에린 사람들도 몇 명 있었습니다.

아무리 대비가 되어 있고 알집의 지형지물에 대한 지식이 많다고 해도 전투는 여러모로 대륙통일단에게 유리했습니다. 일단 무기가 압도적으로 우세했지요. 그리고 융족은 이렇게 많은 인간이 공격해 올 거라고는 예측하지 못했던 것 같습니다. 며칠 전 에린에서 온 부부로부터 이에 관해 들었지만 대비하기엔 너무 늦었던 것입니다.

점점 상황이 침략자에게 유리해지자 저는 전투에 참여하겠다고 나섰습니다. 몇 년 동안 책상 앞에 앉아만 있었지만 이래 봬도 4년간 몽골 해방 전선에서 싸운 적이 있으니까요. 카야는 한 번 말렸지만 제 의지가 굳건한 것을 확인하자 더 고집하지는 않았습니다. 대신 저와 함께 전투에 따라나섰지요.

저희에게는 침략군에게서 빼앗은 자동화기가 주어졌습니다. 이 무기는 구조 때문에 오로지 인간만이 제대로 쓸 수 있었어요. 카야가 마당에서 싸우는 동안 전 일곱 번째 건물의 꼭대기에 올라가 침략자들을 쏘아댔습니다. 저들도 건물 꼭대기를 점령하려 했지만, 돔형 구조 때문에 쉽지 않았습니다. 지붕 밑에서 지원을 받는 소수의 저격병만이 꼭대기에 머물 수 있었지요.

전투는 여전히 우리에게 불리한 것 같았습니다. 적어도 마당에서 살아 날뛰는 건 대부분 침략자였습니다. 이들 중 상당수는 방탄 갑옷을 입고 있어서 총에 맞아도 쉽게 죽지 않았습니다. '이제 끝이구나'라는 생각이 들더군요.

그때였습니다. 갑자기 지진이라도 일어난 듯 땅이 흔들리며 회색 먼지를 일으키는 무리가 알집 안으로 들어온 것은.

용들이었습니다. 다양한 종족의 육식 용들이었지요. 용들은 들어오자마자 다짜고짜 사람들을 밟고 물어뜯고 찢어발겼습니다. 침략군은 총을 쏘아댔지만 육식 용들의 두꺼운 가죽은 총알의 절반 정도를 튕겨냈고 총에 맞는 상처도 그리 심하지 않았습니다. 몇 명은 대문을 통해 달아났는데, 밖으로 나가기가 무섭게 너무 커서 마당 안으로 들어오지 못한 다른 용들의 먹이가 되었습니다.

그제야 저는 이 모든 게 융족과 인간 연합군의 계획인 것을 알았습니다. 지난 몇 년 동안 융족은 수많은 육식 용 종족과 일종의 룽유 관계를 맺었던 것입니다. 이는 개나 세뿔소, 인간과 맺은 룽유 관계처럼 깊은 것은 아니었습니다. 인간과 룽유 관계를 맺을 때도 백 년에 가까운 시간이 걸렸으니까요. 저 육식 용들이 짧은 기간 동안 깊은 관계를 맺을 정도로 지력이 뛰어났을 리도 없고요. 그럼에도 불구하고 저들은 전쟁에 육식 용을 동원하는 데에 성공했던 것입니다.

정오가 될 무렵 전투가 끝났습니다. 침략자는 단 한 명도 살아남지 못했습니다. 몇 명은 항복을 시도했지만, 피에 굶주린 용들에게 그 의사를 전달하는 것은 불가능했습니다. 마당에는 수많은 인간 시체 조각들이 널려 있었고 용들은 성찬을 즐겼습니다.

우리 측 전사자들은 다른 대접을 받았습니다. 하지만 그들도 먹힐 운명이었지요. 그것이 죽은 자에 대한 생존자의 예우였으니까요. 전사자 중에는 카야도 섞여 있었습니다. 융족 한 명이 저에게 그 사람의 몸에서 짜낸 피가 든 잔을 내밀었습니다. 모두가 보는 앞에서 전 그걸 삼켜야 했습니다.

저는 모레 다시 황혼국으로 돌아갑니다. 이미 연합군은 침략을 기록한 수많은 빛그림과 서류, 축음 기록을 만들고 있고 저는 다른 융족 동료들과 함께 이들을 운송하는 임무를 맡았습니다. 이것이 전쟁의 시작인지, 전쟁으로 이어질 수도 있었던 피투성이 소동인지는 모르겠습니다. 후자이길 바랄 뿐입니다.

(편지의 나머지는 고려 공화국 정부 1급 암호문으로 적혀 있다.)

후기
공화력 80년 12월 19일

어제 숭웅 3세의 전사 소식을 들었다. 융우장위의 요새에서 벌어진 마지막 전투에서 달아나는 대륙통일단 무리를 쫓다가 전사했다고 했다. 고려의 역사 속 위대한 몇몇 장군과 겹치는 이야기다. 전쟁 속 영웅담은 어디에서나 비슷하다.

숭웅 3세가 전사한 다음 날, 부족 연합은 자유지 공화국의 탄생을 선언했다. 앞으로 어떻게 될지는 모르겠다. 황혼국과 태양국이 새 공화국과 합쳐져 거북국이 될 거라고 생각하는 사람들도 있다. 자유지가 국가가 되면서 대규모 농업과 광산업이 허용될 거라는 소문도 들린다. 처음부터 대륙통일단이 이를 노린 것이었다는 음모론도 돈다. 숭웅 3세는 여기에 대해 얼마나 알았던 것일까. 어쩌면 무의미한 마지막 전투의 선두에 섰을 때 다가올 죽음을 기다리고 있었던 게 아닐까.

하여간 2년 넘게 이어지던 전쟁은 끝났다. 그리고 몽골의 어느 위대한 혁명가가 말했듯, 전쟁이란 세상 모든 것 중 가장 쉬운 것이다.

나는 고려로 돌아가지 않았다. 황혼국에 남아 전쟁 중 두 공화국을 연결하는 일을 했다. 그러는 동안 틈틈이 다양한 융족을 만났고 그동안 이들에 대한 내 지식이 얼마나 편협하고 빈약했는지 깨달았다.

나는 이제 융족의 노래를 만들고 부를 수 있다. 무엇보다 융족의 합창에 참여할 수 있게 되었다. 장군의 전사 소식을 들은 웅구라이의 동지들은 나에게 숭웅 3세를 기리는 합창의 서창을 제안했다. 앞으로 수백, 수천 가지로 변형되어 불릴 이 노래는 한 달 뒤에 초연되고 축음될 예정이다.

그 노래는 이렇게 시작될 것이다. "서역에서 온 작고 이상한 인간이 위대한 전사의 후예를 만났네. 그리고 그들은 같이 여행을 떠났지."

항상성

1.

시나는 살짝 눈을 들어 같은 방에 있는 아이들을 훔쳐보았다. 시나를 포함해 모두 일곱 명이었다. 가장 어려 보이는 여자아이는 얼굴만 보면 아직 초등학생처럼 보였지만 스터전 국제학교 교복을 입고 있었다. 가장 나이가 많은 건 이름이 기억날 것도 같은 제법 유명한 환각 게임 선수였고 열일곱 살이었다. 지루해하는 표정을 보아하니 유명세 때문에 억지로 끌려온 게 분명했다.

문이 열렸다. 조금 지쳐 보이는 서른 살 정도의 여자가 고개를 내밀었다. 이 건물에서 처음 보는 어른이었다.

"서시나 학생?"

시나는 폰을 접어 앞주머니에 넣고 비서관을 따라 들어갔다. 대기실과 사무실은 20미터 정도 되는 복도로 연결되어 있었다. 복도 벽은 애니메이션 벽화로 번쩍였는데, 절반 정도는 최신 환각 게임 캐릭터였다.

비서관은 사무실 문을 열고 눈짓을 했다. 시나가 안으로 들어가자, 뒤에서 덜컹하며 문이 닫혔다. 잠시 당황한 시나의 시선은 방 여기저기를 방황하다가 책상 뒤에 앉아 있는 사무실 주인의 얼굴에서 멎었다.

채잎새는 정치가의 얼굴을 하고 있었다. 예뻤지만 연예인처럼 화려하지는 않았다. 친근한 미소를 짓고 있었지만, 결코 만만해 보이지도 않았다. 다른 정치가들과 차이점이 있다면 겉보기 나이였다. 채잎새는 열여섯 살처럼 보였다. 지난 21년 동안 그랬다.

"어서 와요, 서시나 학생."

채잎새는 따뜻하게 웃으며 일어났다. 시나는 어색하게 고개를 까딱하고 의원이 가리키는 소파에 앉았다. 맞은편 소파에 앉은 의원은 들고 있던 태블릿을 슬쩍 내려보았다. 별 의미 없는 제스처였다. 필요한 정보는 모두 이미 숫자 하나까지 암기하고 있을 테니. 하지만 사람을 상대하려면 어느 정도 불완전한 티를 내는 게 유리할 때가 있다. 상대방이 그게 연기라는 걸 알고 있다고 해도.

"경력이 화려하네요? 작년엔 전남 청소년 정부 임원이었고, 3개월 전까지 광주 퀴어 청소년 연대 회장이었고. 언제 개성으로 올라왔지요?"

"한 달 되었습니다, 의원님."

"계속 머물 생각인가요?"

"오늘 결과가 어떻게 나오느냐에 달렸지요."

"앞으로도 계속 이 길을 갈 생각인가요?"

"잘 모르겠습니다. 전 지금 제가 중요하다고 생각하고 잘할 수 있는 일을 하고 있습니다. 이 둘이 언제 바뀔지는 저도 몰라요."

"아버지들 의견은 어떠시고요?"

"안 물어봤습니다. 영감님들도 다 생각이 있겠지요. 저도 《바람과 모래의 노래》는 5부로 끝냈어야 한다고 생각하지만, 앞에서 뭐라고 한 적은 없어요."

"우리 사무실 사람들은 다 그 시리즈를 좋아하던데?"

"12부라니, 인간적으로 너무 길지 않습니까."

"좋아하는 이야기가 끝나길 바라지 않는 사람들도 있지요."

"전 이야기에서 결말처럼 중요한 건 없다고 생각합니다."

둘은 그 뒤에도 여러 이야기를 했다. 대부분 이야기하는 쪽은 시나였고 채잎새는 가끔 질문을 던질 때를 제외하면 가끔 맞장구를 치면서 들었다. 이야기는 청소년 정부, 실패로 끝난 제4차 기후 조절 계획, 화성 이민 정책, 반AI 운동으로 이어지다가 결국 강동호 의원 사건에 닿았다.

"거기에 대해서는 전 모르겠어요. 정보가 부족하니까요."

시나는 말을 흐렸다.

"그래도 이 주제에 대한 의견은 있겠지요?"

"음, AI에 의한 성폭행 사건은 이전에도 있었습니다. AI는 인간의 그늘에서 벗어날 수 없으니까요. 그래도 인간보다 훨씬 효과적으로 관리할 수 있기에 지금의 시스템이 존재하지요. 강동호 의원에게 어떤 일이 일어났는지 모르겠지만 결국 인본당의 관리 문제가 아닐까요? 전 왜 AI에게 성욕을 넣어주었는지도 모르겠습니다. 성적 지향성도 과한 것 같아요."

"그 사람들에겐 강동호 의원이 이성애자 남자를 대표한다는 게 중요했겠지요."

"하지만 피해자는 열네 살 남자아이였지요? 그 자체는 이상할 게 없습니다. 남성 대상 성범죄 가해자 중 상당수는 이성애자 남자들이었으니까요. 하여간 책임은 인본당과 팀이 져야겠지요. 그 사람들은 이를 역이용해서 반AI 분위기를 조성하려고 하는 모양인데, 전 그냥 어이가 없습니다. 다 자기들 잘못이잖아요. 그런데도 이 주장이 먹히는 사람들이 있는 모양이에요?"

"제가 앞으로 무슨 일을 저질러도 그건 오로지 인간 팀의 책임이라는 뜻인가요?"

시나는 말이 막혔다. 이런 식으로 이야기가 흘러갈 거라고는 예상 못 했다. 완벽한 정치가 미소를 짓고 있는 채잎새의 얼굴은 어떤 답도 주지 않았다.

"……제대로 운영된다면 의원님의 책임과 팀의 책임은 분리될 수 없지 않을까요? 앞에서 말씀드렸지만, 전 그 팀이 어떻게 운영되었는지 모릅니다."

채잎새는 고개를 끄덕였다.

"이것으로 충분한 것 같군요. 수고하셨습니다. 결과는 최대한 빨리 알려드릴게요."

시나는 다소 어리둥절한 상태로 사무실을 나섰다. 잘한 건가? 그런 거 같았다. AI와 팀의 책임에 대한 의견을 그렇게 강하게 밀고 간 게 좀 걸렸다. 하지만 그 정도면 나쁘지 않았어. 암만 생각해도 더 좋은 답이 떠오르지 않았다.

해운 타워에서 나온 시나는 무지개 가로수길을 따라 걸으며 강동호 사건과 관련된 최신 뉴스를 확인했다. 어제와 특별히 다를 건 없었다. 강동호는 팀과 분리된 자유의지를 주장했고 자신의 범죄를 자랑스러워했다. 인간을 향한 증오심을 노골적으로 표출했고 막판엔 동지들의 이름을 하나씩 불렀다. 폭력 범죄로 체포되어 삭제된 AI 개체들의 이름이었다.

옛날 흑백필름 영화에서나 나올 법한 광경이었다. 너무 진부해서 오히려 신선했다. 혹시 의도인 걸까?

시나는 AI 정치를 끝장내고 인간, 그러니까 이성애자 남자 중심 정치를 되살리기 위한 목적을 갖고 최대한 이성애자 남자에 가깝게 만들어져 정치판에 투입된 AI가 극단적인 인간 혐오주의자가 되어 열네 살 남자아이를 감금하고 성폭행하게 된 과정을 재구성해 보려고 시도했다. 끝없이 이어지는 자기모순의 사슬 속에서 강동호가 지금까지 그럭저럭 잘 작동했다는 게 오히려 신기해 보였다. 하지만 이 역시 의도이지 않을까? 인본당은 상식이 통하지 않는 무리였고 뭐든지 할 수 있었다.

문자 메시지가 떴다. 조영감이었다.

—인터뷰는 잘 봤니?

—모르겠어.

—채잎새 예쁘지?

—아니, 그 이야기가 왜 갑자기 나와?

—예쁘잖아. 아림이 고모 작품이야. 껍질만 만든 게 아니야. 동작, 말투, 습관 같은 것도 다 디자인했지.

그건 몰랐다. 지금까지 시나가 생각해 왔던 건 채잎새의 정치 경력과 능력, 입장이었지, 하드웨어와 소프트웨어를 누가 만들었느냐는 아니었다. 일루저니스트 그룹에서 채잎새를 만들었구나. 환각 게임 캐릭터를 만드는 것과 하나 다를 게 없는 작업이었겠구나. 하긴 다른 어디에서 나왔겠는가.

호기심이 당긴 시나는 아카이브로 들어가 20년 전 모습을 뒤져보았다. 지금까지 텍스트로만 접했던 정보들이 동영상을 입고 튀어나왔다. 20년 전의 채잎새는 친숙하면서도 낯설었다. 외모는 크게 달라진 게 없었다. 하지만 말투나 표정은 완전히 달랐다. 훨씬 열여섯 살 같았고 화사했다. 너무 반짝거려 오히려 모든 말과 제스처가 드라마 연기 같았다. 20년의 세월이 흐르는 동안 조금씩 자기만의 스타일과 개성을 찾아온 것이다.

벨이 울렸다. 채잎새의 번호였다. 잠시 망설이던 시나는 폰을 열었다. 두 문장의 문자가 떠올랐다.

─채잎새 의원 팀의 일원이 되신 걸 환영합니다. 14일 오전 10시까지 사무실로 나와주세요.

2.
"여러분은 이제 채잎새입니다."

이인영 비서관이 말했다.

"정확히 말하면 채잎새의 24분의 1이죠. 열두 명의 팀이 채잎새 의원의 정체성 절반을 책임집니다. 나머지 반은 채 의원이 관리합니다. 여러분의 두 가지 방법으로 채 의원에게 영향을 줄 수 있습니다. 하나는 일반 회의를 통해서이고 다른 하나는 정신 연결입니다. 정신 연결은 일방적입니다. 여러분은 채 의원에게 영향을 끼칠 수 있지만 채 의원으로부터 어떤 정보도 받지 않습니다. 정신 오염을 방지하기 위해서입니다. 여러분과 같은 팀 여섯이 한반도 1200만 청소년을 대표합니다. 질문 있습니까?"

"프라이버시 문제는 어떻게 해결하나요?"

시나와 함께 뽑힌 스터전 교복을 입은 아이가 말했다.

"모든 정신 정보는 클라인 필터를 통합니다. 필터의 등급은 직접 조절할 수 있습니다."

"그렇다면 그건 검열되고 조작된 정보잖아요."

"아까는 프라이버시를 걱정하지 않으셨나요? 그리고 과연 채 의원에게 정련되지 않은 여러분의 진짜 생각이 필요할까요? 우리 문명을 이루는 건 바로 그 적당히 검열되고 조작된 정보가 아닐까요?"

말을 마친 비서관은 두 아이와 간단한 허공 악수를 나누고 회의실을 떠났다.

"소하영이야. 넌 미리내지?"

잠시 자기 발끝을 내려다보고 있던 스터전 학교 학생이 갑자기 고개를 들고 말했다.

"난 서시나야. 미리내는 우리 아빠들이 만든 캐릭터 이름이고."

"그래도 그건 네 이야기잖아? 그러니까……."

"비슷하긴 하지. 하지만 난 비행기만 한 나방을 타고 두 대륙 사이의 전쟁을 막으려 태풍 속으로 뛰어들거나 한 적은 없어. 《바람과 모래의 노래》로 나를 알았다고 생각한다면 착각이야. 난 그냥 운 나쁜 상황에서 엄마를 잃은 평범한 애야. 그리고 제발 환각 게임에서 미리내를 플레이했다고 말하지 말아줘."

"없지만 그래도 상관없잖아? 넌 미리내가 아니라며."

"솔직히 나도 이젠 잘 모르겠어."

웅성거리는 소리와 함께 여섯 팀원이 회의실로 들어와 원탁 앞의 빈자리에 하나씩 자리를 잡고 앉았다. 원탁 중심의 모니터에서는 회의실에 없는 두 명의 얼굴이 떴다. 열두 명 중 열 명이 모였다.

첫 회의는 두 명의 신입을 위한 오리엔테이션에 가까웠다. 모두가 시나와 화영에게 새 정보를 전달하느라 열심이었다. 이인영 비서관이 준 정신 연결기 사용법을 알려주었고 직접 쓰고 서로의 정신과 연결도 해보았다. 그와 함께 모니터에서는 회의 주제와 관련된 텍스트 정보가 분주하게 올라왔고 그와 관련된 토론들이 거의 동시에 진행되었다.

대충 새로운 팀의 흐름에 적응이 되었다는 생각이 들자 벌써 밤 8시였다. 회의실의 아이들은 근처 말레이시아 식당으로 우르르 몰려갔고 거기서도 계속 수다가 이어졌다. 시나는 숨이 막혔다.

"원래 이렇게 끝도 없이 이어져?"

시나가 묻자, 홍정민이라는 남자애가 대답했다.

"늘 이렇지는 않아. 새 멤버들이 연결되어서 모두가 조금 흥분해 있어. 하지만 종종 이러니까 각오하는 게 좋아. 공식적으로 기록되는 회의도 중요하지. 하지만 회의 밖에서 진행되는 대화나 그에 대한 반응도 중요해. 그것들이 모여서 지금의 '청소년'을 형성하니까."

'청소년'이라는 말을 할 때 홍정민은 손가락으로 따옴표를 만들었다.

소하영이 그 틈을 노려 잽싸게 끼어들었다.

"그 청소년은 진짜가 아니잖아. 너희들이 만든 허구이지."

"이런 질문을 하는 새 멤버가 꼭 한 명 이상은 있지. 하지만 진짜가 그렇게 좋니? 너도 네 진짜 모습을 다 보여주고 싶지 않을 거고, 다들 그럴 거야. 넌 이런 게 가면이라고 생각할 수도 있어. 하지만 그건 피부처럼 자연스러운 우리 일부야. 진짜 자신을 보여준다는 건 내장을 드러내고 다니는 것과 마찬가지야. 그러니까 너도 슬슬 다른 사람들에게 보여줄 좋은 '너'를 만들어 두는 게 좋을 거야. 어차피 채잎새도 그 정도 차이는 알고 있어. 20년 넘게 '청소년'이었으니까. 그리고 우린 뻔한 동물이야. 얼마나 많은 사람이 이 시기를 거치며 데이터를 남겼을 거 같니? 설마 채잎새가 우리가 주는 정보만으로 세상을 보고 있을까?"

"어차피 우린 그 '허구'에 더 가까워지고 있긴 해."

시나가 말했다.

"20세기 기준으로 보면 우린 모두 정상이 아니잖아. 약물로 정신이 통제되고 있고 뇌에는 이식물이 붙어 있지. 우린 우리가 원하는 미래의 우리를 설계할 수 있어. 지금 우리의 고민은 20세기 청소년의 고민과 같을 수 없어."

"모두가 그런 건 아니야. 오로지 전 세계의 운 좋은 30퍼센트만 그렇다고. 여기 있는 우리 모두가 그 운 좋은 부류이고. 그렇다면 우리가 어떻게 전체를 대표할 수 있을까?"

"그 30퍼센트는 곧 50퍼센트가 되고 곧 99퍼센트가 될 거야. 그리고 지금의 70퍼센트도 결코 20세기 같지 않아. 지금 어느 누구도 〈이유 없는 반항〉의 아이들처럼 행동하지 않잖

아. 우린 모두 미래로 가고 있어. 여기 모인 사람들은 다른 사람들보다 조금 앞에 있을 뿐이야.

모든 것들이 변해. 난 얼마 전까지만 해도 광주 퀴어 청소년 연대회장이었어. 연대는 21세기 초만 해도 억압받는 소수가 스스로를 구하기 위해 만든 단체였어. 하지만 지금도 그런가? 지금 한반도에서 자신을 퀴어로 정체화하는 사람들은 종교를 믿는 사람들의 두 배야. 기독교, 이슬람, 불교 기타 등등을 다 합쳐도 그렇다고. 당연히 연대의 고민과 활동은 달라지지. 순수한 청소년의 이데아를 설정해 놓고 거기에만 매달리는 건 21세기의 조건이 아직도 남아 있다고 생각하는 것과 다를 게 없어. 어차피 누구도 〈이유 없는 반항〉을 경험해 본 적이 없어. 우린 걔들을 모른다고."

"지금 가장 순수하고 정직한 무리는 인본당이겠지. 그 결과는 뭐다? 강동호잖아."

홍정민이 말했다.

"강동호는 어쩌다가 그렇게 된 거래?"

시나가 물었다.

"그쪽에서도 잘 모르는 거 같아. 지금은 문제 있는 AI가 일으킨 사고라고 주장하는 게 공식적인 입장이지만 소문을 들어보니 내부에서 문제가 있는 팀원을 색출한다고 혈안이 되어 있다는데? 인본당이 교묘한 계획을 숨기고 있다는 음모론도 도는데, 아닌 거 같아. 이번 일로 그쪽에서는 유일한 AI 의원을 잃었는데? 그리고 이 사건이 과연 AI 의회를 없애자는 주장에 도움이 될까? 설마. 인본당을 없애려는 음모라는 소문도 돌지만 그게 사실이라면 더 끔찍한 거지. 성폭행 피해자가 생겼는데. 그런 미친 짓을 누가 저질러?

내 생각엔 그냥 자업자득인 것 같아. 자기 통제 없이 아무 말이나 마구 해대는 무리가 AI를 그렇게 대충 굴리니까 그 꼴이 나지. 그러니까 너무 솔직할 생각 따위는 하지 마. 다들 최대한 아름다운 채잎새를 만들자고."

3.

시나가 '최대한 아름다운 채잎새'를 만들기 위해 얼마나 노력했는지는 모르겠다. 팀에 있는 몇 달 동안 배운 것은 채잎새 전체보다는 팀이 만들어 내는 흐름 속에서 자신을 스스로 지키는 게 더 중요하다는 것이었다. 열두 명 아이의 생각들을 조화롭게 모아 하나로 만드는 것은 채잎새 자신의 몫이었고 시나가 간섭할 일이 아니었다.

정신없이 바빴다. 우선 개성으로 이사해야 했다. 조박영감들에게 입양된 지 6년 만에 독립하게 된 것이다. 제2차 고등

교육 자격시험을 6개월 일찍 보았기 때문에 학교에서는 약간의 여유는 있었지만, 그 여유는 팀에 적응하느라 날아가 버렸다. 팀에 적응하는 순간 주변 모든 사람이 시나를 채잎새의 24분의 1로 여겼고 일은 두 배가 되었다. 청소년 정부와 연대 때 바쁜 것과는 비교가 안 되었다. 밤마다 기숙사로 기어들어가면 침대에 눕자마자 곯아떨어지기 일쑤였다.

정작 채잎새는 그렇게 자주 만나지 못했다. 금요일 오후 회의 때 한 시간 정도 얼굴을 보는 게 전부였다. 회의 때에도 채잎새는 주로 듣기만 했다. 예의 바르게 까딱거리는 얼굴만 봐서는 제대로 듣고 있는지도 알 수 없었다.

하지만 그동안 채잎새는 충실하게 시나를 흡수하고 있었다. 회의 때 얼굴을 직접 볼 때는 몰랐다. 하지만 뉴스에 나오는 채잎새는 은근슬쩍 시나의 말투와 사고방식을 흘리고 다녔다. 시나 뿐만 아니라 소하영도 흡수하고 있었는데 둘은 전혀 생각이 달랐는데도 채잎새의 정신 안에서는 괴상할 정도로 완벽한 조화를 이루고 있었다. 보고 있으면 맥이 빠질 지경이었다. 우리의 의견 대립이 이렇게 무의미했단 말이야?

궁금해진 시나는 이전 채잎새의 동영상들과 인터뷰를 뒤졌다. 20년 전 채잎새와 지금의 채잎새 사이에는 분명한 연속성이 있었다. 단지 그 사이에서는 수많은 개별 개성이 반짝거리다 사라졌다. 몇몇 팀원들의 흔적은 등장과 퇴장 시기가 너무 뚜렷해서 이름을 확인할 수 있을 정도였다.

그중 한 명은 지금 평양대 심리물리학 교수인 오유라였다. 여기저기에 연재하는 칼럼 몇 개를 읽어보았다. 분명 12년 전에 채잎새를 통해 잠시 나타났다 사라진 그 사람이었다. 도발적인 의견을 제시했다가 그것을 중간에 무심하게 깨트리고 더 도발적인 의견으로 대체하는 논리 전개 방식을 못 알아볼 수가 없었다. 단지 채잎새 속 오유라는 그래도 절제하는 편이었다. 소하영의 반동 기질이 전체 채잎새 속에서 쌉싸래한 양념 역할을 하는 것처럼.

궁금해진 시나는 오유라에게 메시지를 보냈다. 별 기대는 없었는데 뜻밖에도 그쪽에서 화상 통화를 요청해 왔다. 폰의 화면을 열자, 칼럼만큼이나 심술궂어 보이는 얼굴이 떴다. 하지만 오늘은 기분이 좋았는지 그 위에 안 어울리는 미소가 깔려 있었다.

"채잎새 팀원이라고요? 할만한가요?"

오유라가 말했다.

"네, 근데 바빠요."

"다 그렇죠. 1년 채우고 나올 때쯤이면 얻은 게 많을 거예요."

"교수님도 그러셨나요?"

"당연히 도움이 되었어요. 현실 정치에 영향을 끼친다는 책임감 속에서 스스로를 단련할 수 있었으니까요. 지금의 나를 만들었다고 할 수 있어요. 좋은 사람은 아니지만 제법 쓸만한 사람. 같이 일하는 팀원들은 괜찮은가요? 아니, 무슨 소리야. 채잎새가 뽑았으니 당연히 괜찮은 거 이상이겠지."

"떠난 뒤에 아쉽지 않으셨나요? 그러니까 채 의원님에게 투영되었던 교수님의 흔적이 갑자기 사라졌을 때요."

"아, 그거."

오유라는 얼굴을 살짝 찡그렸다.

"아쉽지 않았다면 거짓말이죠. 하지만 제가 떠난 뒤에도 채잎새가 '나'를 담고 있었다면 그것도 오싹했을 거예요. 나는 나고 채잎새는 채잎새니까. 그래도 칼로 자른 것처럼 나뉜 건 아니에요. 채잎새 안에 없었다면 지금의 내가 되지 못했을 거고, 채잎새는 결코 이전 팀원을 잊지 않아요. 현재 팀원들을 더 중요하게 생각할 뿐이지요. 가끔 채잎새가 무슨 생각을 하고 있는지 궁금하긴 한데, 그건 끝까지 알 수 없겠죠. AI들은 아무리 우리와 비슷하게 생각하는 것처럼 보여도 사고의 메커니즘은 인간과 전혀 다르니까. 그건 우리가 자동차의 경험을 알 수 없는 것과 마찬가지죠."

"그건 다른 인간도 마찬가지가 아닐까요. 교수님이 저와 같은 경험을 하고 있다는 것도 짐작에 불과하잖아요."

"거기서부터는 형이상학이고, 과학자인 저는 그냥 건너뛰고 싶군요. 그런데 《바람과 모래의 노래》는 12부로 끝나는 게 맞나요? 할 이야기가 한참 더 남은 거 같은데?"

"미리내 이야기는 12부로 끝난대요. 남은 이야기는 다른 작가들이 스핀오프에서 다루지 않을까요? 조박영감님들은 12부를 끝으로 두 대륙에서 떠나신다네요."

"끝나면 서운하시겠어요. 미리내의 모델이시라면서요. 지금까지 두 대륙에서 또 다른 삶을 산 거잖아요."

"미리내는 미리내고 서시나는 서시나라고 말하고 싶은데, 사실은 잘 모르겠어요. 둘이 서로의 영향을 안 준 건 아니거든요. 영감님들은 갑자기 딸이 생기니까 신나셨고 지난 6년 동안 둘이 본 저의 모든 것을 《바람과 모래의 노래》에 쏟아부으셨어요. 그러다 보니 저도 알게 모르게 미리내의 영향을 받고. 끔찍하다고 생각하는 사람들도 있는데 그렇지는 않아요. 제 사생활이 직접 노출되거나 그런 건 아니니까요. 연대에서 일하고 채잎새 의원 팀이 된 것도 미리내 때문인지 모르지요. 더 미리내스러워지고 싶었달까? 아니면 경쟁하며 저의 가치를 인정받고 싶었는지도 몰라요. 존재하지 않는 두 대륙 사이의 전쟁을 막을 수는 없어도 제가 사는 진짜 세계를 움직일 수는 있을 테니까요. 미리내 이야기가 끝나면 우리 둘은 다시 하나로 합쳐지지 않을까요? 전 좀 기대가 돼요. 독립하는 거니까요."

"듣고 보니 제 팀 경험과 크게 다르지 않군요."

"12부는 제가 팀을 떠날 때야 나올 텐데, 그럼 전 이중의 독립을 하게 되는 셈이겠지요."

통화가 끝나고 시나는 지금까지 나눈 대화를 채잎새에게 흘려 보낼지를 두고 잠시 고민했다. 결국 흘려버렸다. 이전 팀원들과 이런 대화를 나눈 아이가 나뿐이었을까.

4.

조박영감들이 개성에 왔다. 그건 호들갑을 떨며 달려온 노인네들과 한심한 포즈를 취하며 "서조박 크로스!"를 외쳐야 한다는 뜻이었다. 다행히도 훔쳐보는 주변 사람들에겐 이들은 그냥 괴상하게만 보였다. 촌스러워 보이기엔 너무 확실하게 잊힌 옛날 유행이었다.

노인네들은 《바람과 모래의 노래》 작업이 끝난 걸 축하하기 위해 온 것이었다. 이제 남은 작업은 모두 회사 몫이었다.

"채잎새가 8·24 기념일 연설하는 거 봤다."

조영감이 말했다.

"'이것이 여러분이 꿈꾸었던 미래입니까? 우리는 지금 여러분이 꿈꾸는 미래로 가고 있습니까?' 들으면서 깜짝 놀랐어. 이건 완전 미리내잖아."

"나는 미리내가 아니야. 채 의원도 내가 아니고."

"그렇지. 하지만 너에게 있는 미리내의 일부가 채잎새에게 간 거지. 신기했어."

"내일 회의 때 말해볼게. 정치가의 진지한 연설이 허구 캐릭터와 겹치면 안 되지."

조영감은 괜히 말했다는 표정이었지만 시나는 무시했다. 대신 다른 이야기를 했다. 가장 만만한 소재는 지금 몸을 빼앗기고 분석연구실로 들어간 강동호였다. 강동호가 쓰레기 같은 놈이라는 것에는 거의 모두가 동의했다. 하지만 강동호에 대한 처분은 지금까지 회색지대에서 애매하게 방치되고 있던 이슈를 건드렸다. AI의 기본권.

AI가 입법부의 80퍼센트를 차지하고 있는 지금, AI의 기본권이 제대로 토의되지 않고 있는 건 이상해 보이지만 당연한 일이었다. 200명의 AI 의원에게 AI 주제를 다루는 건 금기였다. 40명의 인간 의원은 이 주제에 관심이 없었다. 입법부와 입법부 바깥에서 인간을 대변하는 AI들은 대부분 완벽하기 짝이 없어서 이들이 제대로 기본권을 보장받고 있지 않다는 걸 다들 잊고 있었다. 그런데 강동호가 난리를 치면서 이 평등성의 환영을 깬 것이다.

"채잎새는 의견을 내지 않을걸."

시나가 말했다.

"하지만 우리 팀의 소하영이라는 애가 재미있는 아이디어를 냈는데, 청소년 기본권 개념으로 AI 기본권에 접근하는 거야. 어디까지가 청소년일까? AI에도 청소년기가 있다고 인정을 해야 하는가? 이미 돌고래나 비인간 영장류는 청소년 기본권을 보장받고 있어. 그렇다면 AI는? AI 청소년은?"

"AI에게 청소년이란 게 무슨 의미가 있을까? AI가 우리와 같은 성장을 하는 건 아니잖니. 둘의 조건은 완전히 달라."

박영감이 끼어들었다.

"하지만 이전의 청소년 개념은 더 이상 안 맞아. 나는 1년 전부터 투표권이 생겼고 청소년 비례 무소속 대표의 팀에 속해 있긴 하지만 그래도 입법부의 일원인데, 그렇다면 더 이상 청소년이 아닌가? 이 모든 걸 다른 관점에서 보고 새로 정의해야 할 때가 아닌가? 새 정의가 필요하다면 AI를 여기에 포함시키는 건 당연하지 않을까?"

"그럼 재미있어지는데?"

조영감이 말했다.

"그럼 채잎새는 청소년이 되는 거냐? 20년 동안 정치판에 있었지만, 지금까지 꾸준히 뱀파이어처럼 새 세대 청소년의 정신을 이식받아 왔잖아. 그럼 채잎새는 지금 몇 살이지? 열여섯 살이라고 하지 마. 그건 좀 징그럽다."

"시민당에서는 청소년 나이를 열다섯 살 미만으로 낮추어야 한다고 주장하지 않던가?"

박영감이 말했다.

"우리 팀에서도 찬성하는 애들이 있는데, 채 의원은 반대야. 이건 보호 개념과 좀 달라. 모든 존재는 일정 기간 미숙할 권리가 있어야 한다는 거지."

"투표권이 있고 경제적으로 자립 가능한 시민이 미성숙의 권리를 주장한다고? 그건 좀 억지다. 청소년 비례대표의 위치가 흔들려서 그런 거 아냐?"

"채 의원이 그렇게 이기적일 이유가 없잖아. 그리고 청소년기를 그렇게 줄여버리면 우린 너무 많은 걸 잃어버리지 않을까?"

"아, 없으면 좀 어때."

조영감은 짜증을 냈다.

"어렸을 때 난 청소년기 따위는 건너뛰길 바랐어. 그리고

요즘 애들은 정말 운 좋게 건너뛰고 있지. 질풍노도 시기를 겪어서 뭐 하게. 늙어서 그 시간 낭비를 감상적으로 회상하라고? 난 필요 없다네. 제임스 딘 영화를 보는 것으로 족하거든. 제임스 딘이 우리 대신 체험해 주는데 왜 직접 그 진흙탕을 통과해야 해?"

"그럼 《바람과 모래의 노래》는 뭔데?"

"뭐긴. 미리내가 너 대신 그 질풍노도기를 대신 체험해 준 거지. 우리가 그 난장판 성장기를 써주었기 때문에 넌 굳이 그 길을 가지 않아도 되었던 거야. 그게 예술의 기능이야. 톨스토이가 《안나 카레니나》를 썼기 때문에 수많은 러시아 여자가 철로에 몸을 던지지 않아도 되었던 거라고. 모든 건 한 번이면 충분해. 아름답고 결정적인 한 방. 그러니 너희들은 이제 다른 길을 가. 인간 경험의 폭을 넓혀. 어른이 되라고."

5.

"팀에 오신 걸 환영합니다."

시나가 말했다.

"전 채잎새 팀의 마지막 팀장 서시나입니다. 보통 이 자리에는 이인영 비서관님이 나오시는데, 그분은 얼마 전에 그만두셨어요. 이유는 아시겠지만요.

지난 30일은 정말 드라마틱했습니다. AI 입법부 역사에 한 획을 그었던 시기였지요. 채잎새 의원이 인격체로서 독립을 선언한 것입니다. 일주일 전 채잎새 씨는 의원 자리를 떠났고 지금 그 자리는 공석입니다.

사람들이 생각하는 것만큼 깜짝쇼는 아니었습니다. 이 모든 일들은 1년 전 강동호 사건이 일어난 뒤부터 시작되었지요. AI 의원들에게 AI 기본권을 토의하는 건 금기였습니다. 하지만 우리 인간 팀원들에게도 그랬던 것은 아니었지요.

우리는 모두 강동호의 범죄에 분노했습니다. 그리고 바로 그래서 강동호가 하나의 인격체로서 그 범죄에 대한 책임을 져야 한다고 생각했습니다. 하지만 과연 강동호는 책임을 질 수 있는 존재일까요? AI 의원들은 얼마나 독립적인 인격체일까요? 앞으로 만나시게 될 소하영 팀원은 생각해 볼 만한 아이디어를 제시했습니다. 만약 믿음과 범죄의 원인이 미성숙함 때문이라면 강동호는 성인으로서 책임을 져야 하는가? 입법부에서 이 질문을 던진 건 우리 팀밖에 없었다고 합니다. 어른들은 여기에 별 관심이 없었던 모양입니다. 이 질문은 우리가 아직 청소년의 정체성을 갖고 있기에 가능했습니다.

이 질문은 몇 개월 동안 버섯처럼 성장했고 곧 우리의 정체성에 대한 고민과 연결되었습니다. AI 의원 채잎새는 청소년인가?

청소년 비례대표 무소속 AI 의원이란 참 이상한 존재가 아닙니까? 이들은 특정 시기에 있는 사람들을 대표하기 위해 영원히 그 자리에 머물러야 합니다. 변화하는 상태에 고정되어 있어야 한단 말입니다. 부조리하기 짝이 없는 존재들이죠. 그런데 우린 그 이상함에 대해 전혀 고민하지 않았습니다. 20년 동안 이들은 그 일을 너무나도 잘 해 왔으니까요.

하지만 의문이 던져지자, 우리는 이에 대해 고민하지 않을 수 없었습니다. 그 고민은 자연스럽게 채잎새 의원에게 넘어갔습니다. 우리는 지난 20년 동안 누구도 하지 않았던 일을 했습니다. 팀원들과 의원이 쌍방으로 정신 교류를 하며 의원의 상태에 대해 진지한 대화를 한 것이죠. 어떤 사람들은 이를 대화의 형식을 빌린 독백이라고 주장합니다. 어떤 사람들은 두 존재가 너무 달라서 진지한 대화 자체가 불가능했다고 주장합니다. 그럴 수도 있겠지요. 하지만 그렇다고 그 대화가 무의미했다고 말할 수는 없습니다.

우리는 이 대화를 통해 채잎새 의원의 완벽한 외양 속에 숨겨진 균열을 이해할 수 있었습니다. 채 의원의 경험은 지난 20년 동안 꾸준히 누적되었고 이를 통해 성장했습니다. 하지만 현재 청소년을 대표해야 한다는 의무감 때문에 이 성장은 억압되어야만 했습니다. 그 자체가 안정적이었다면 별문제가 없었습니다. AI가 꼭 인간 정신의 정확한 모방일 필요는 없었으니까요. 청소년을 대표한다는 기능에만 충실하다면 상관없는 일이지요. 하지만 언제까지 그럴 수 있을까요? 아직 이런 상황에 대한 선례가 없었습니다.

우리가 개입하지 않았다면 채 의원은 그 상태를 유지했을 겁니다. 우리를 대표해야 한다는 의무감이 먼저였으니까요. 하지만 상태를 안 이상 우리는 이를 그대로 두고 볼 수 없었습니다. 아무리 어른처럼 굴고 어른의 언어로 말하고 있어도 우리는 여전히 청소년이었으니까요. 우리는 성장하고 있었고 성장을 갈망했습니다. 우리는 채 의원이 그 자리에 얼어붙은 채 머물기를 바라지 않았습니다. 우리와 같이 성장하기를, 그를 통해 스스로 길을 찾길 바랐어요. 그 길이 꼭 우리가 이해할 수 있는 곳으로 향하지 않아도."

시나는 의자에 못 박힌 것처럼 앉아 경청하고 있는 세 아이의 얼굴을 바라보았다. 일주일 전, 거기 가운데 자리에는 채잎새가 앉아 있었다. 국회에서 선언문을 낭독하고 나와 팀원들과 마지막 회의를 했다. 회의가 끝난 뒤 채잎새는 일어나 조금 겁먹고 떨리는 목소리로 말했다. "오늘로 여러분과 저의 협업은 끝났습니다. 어른이 되어 다시 만나요." 시나는 그 뒤에도 종종 그 목소리에 대해 생각했다. 그 떨림은 내면의 두려움이 자연스럽게 반영되었던 것일까, 아니면 자신의 두려움을 꺼내 보여주기 위한 정교한 연기였던 것일까, 아니면 우리가 끝끝내 알 수 없는 이질적인 메커니즘의 결과였던 걸까.

"채잎새 의원의 자리는 채워질 것입니다."

시나는 말을 이었다.

"우리에겐 아직 1200만의 청소년을 대표할 의무가 있으니까요. 새로운 AI 의원이 이미 제작되었습니다. 우린 그 의원이 백지상태에서부터 자신의 존재를 받아들이고 일을 배우고 우리와 함께 성장하면서 자신의 길을 걸을 수 있게 도울 것입니다. 그리고 여러분은 그 첫 발걸음을 같이하게 될 것입니다. 저와 소하영 팀원의 임무 기한은 어제로 끝이었습니다만 상황이 상황이니만큼 2개월 동안 더 머물면서 여러분을 돕겠습니다.

질문 있나요?"

아발론

……간신히 정신을 차린 이나니는 멧돼지 사체에 깔린 왼쪽 다리를 빼냈다. 부러졌을까 봐 걱정이 되었지만, 아닌 것 같았다. 안도의 한숨을 내쉰 아이는 비틀거리면서 계단을 올랐다.

붉은 저녁 해가 교보빌딩 너머로 가라앉고 있었다. 이나니는 한때 아스팔트 위로 수많은 자동차가 오가는 도로였던 풀밭 위에 발을 디뎠다. 수풀에 머리를 박고 무언가를 먹고 있던 타조 다섯 마리가 쑥 머리를 내밀고 침입자를 노려보았다. 가방에서 아니나미 할머니가 옛날 사진들을 바탕으로 그린 52장짜리 지도의 두 번째 페이지를……

여히는 타자를 멈추고 지금까지 쓴 원고를 읽으면서 문장들이 만들어 내는 심상을 되씹었다. 멧돼지와 타조들이 방황하는 옛 대도시의 폐허 이미지 일부는 아발론 요새에서 날린 드론들이 찍은 정보에 바탕을 둔 것이었다. 단지 타조는 융통

성 있는 상상력의 산물이었다. 멸망 이전 농장에서 살다가 탈출한 타조들이 한반도를 떠돌고 있었지만, 서울과 같은 대도시에서 발견된 적은 없었다. 하지만 누가 알겠어? 그동안 모험심 강한 타조 무리가 새로운 세계를 탐험하기 시작했는지.

여희는 이나니의 모습을 상상했다. 분홍색 얼굴, 루비처럼 붉은 눈, 짧게 자른 하얀 머리칼. 백화점 창고에 버려진 21세기 옷을 입고 사냥칼과 군용 권총으로 무장한 열네 살 아이. 본문엔 외모에 관해 많이 언급하지 않았지만, 김유나를 닮았을 거라 생각했다. 그러니까 〈두 사람의 나라〉에 출연했을 당시 열네 살의 김유나. 당시 연예인들이 정말 예뻤지. 지금 사람들은 그런 아름다움을 즐길 여유가 없었다. 연예인은 과거의 직업이었다.

이나니라는 이름에는 자신이 있었다. 무색인 이름은 두 글자에서 다섯 글자 사이였다. 여자 이름은 대부분 모음으로 시작했고 ㄴ과 ㅁ을 자주 사용했다. 이나니라는 조합은 들어본 적 없었지만 그래도 여희 귀에는 그럴싸하게 들렸다.

파일을 저장하고 하던 일로 돌아갔다. 겨울방학은 크리스마스 일주일 전에 시작했지만, 여희가 담당하는 학생 스물네 명은 여전히 바빴다. 특히 저번 학기에 기준점 미만의 점수를 받은 세 명은 담당 교사의 특별 관리를 받아야 했다. 아발론에서 무능력은 게으름만큼이나 감당할 수 없는 사치였다. 모든 시민은 유능하고 유용해야 했다. 아발론을 돌아가게 하는 인간 부품은 언제나 모자랐다.

여희가 이전에 쓰던 폭력적인 이야기들을 접고 이나니의 이야기를 쓰기 시작한 것도 어느 정도는 교사라는 직업 때문이었다. 이 일을 하면서부터 바깥 세계에서 다른 삶을 사는 아이들에 대한 상상이 터져 나왔다. 도시의 톱니바퀴가 아닌, 자기 삶을 스스로 개척하는 작은 영웅들. 이나니는 여희의 학생들이 갖고 있지 않은 모든 것의 총합이었다.

컴퓨터를 껐다. 20년 전부터 아발론에서 자체 생산하기 시작한 노트북이었다. 21세기 전자제품처럼 날렵하지는 않지만, 일하는 데엔 큰 문제가 없었고 무엇보다 튼튼했다. 23세기라면 뇌에 칩 같은 걸 박고 있을 줄 알았는데. 하긴 역사가 이렇게 풀릴 거라고 누가 예상했겠는가.

복도로 나온 여희는 창문 너머 도시를 바라보았다. 지하 도로로 연결된 수백 채의 건물들이 하얀빛을 발하고 있었다. 예전엔 대전이라고 불리던 도시의 폐허 옆 아발론은 밖에서 본다면 허허벌판 위에 납작하게 눌린 크리스마스트리처럼 보일 것이다. 한반도에서 유일하게 빛 공해를 일으키는 곳. 도시 중심의 핵융합 발전소가 제공하는 에너지는 지나칠 정도로 넉넉했다. 모자라는 건 머릿수였다. 몇십 년 동안 아무리 노력해도 한반도 인구는 50만 명을 넘어가지 못했다. 지구 전체의 문명인들을 다 합쳐도 천만 명이 조금 넘었다.

다들 지구를 위해서는 잘된 일이라고 했다. 자연은 급속도로 회복되고 있었다. 비록 인류 멸망이라는 최종 목표에는 도달하지 못했지만, 전 세계에 묵시록 바이러스를 뿌린 종말론자들이 살아 있었다면 지금의 풍경에 만족했을 것이다. 숲이 도시를 삼켰고 야생동물들이 돌아왔다. 심지어 시베리아에서 내려온 호랑이도 종종 목격되었다. 인간과 긴팔원숭이를 제외한 유인원이 모두 멸종한 건 아쉬운 일이었지만 부작용 없는 약은 없다.

"반 선생님?"

익숙한 목소리가 뒤에서 들렸다. 문화부의 최미주였다. 두 사람은 아발론에 단 하나 있는 아마추어 연극단 소속이었다. 여희는 연출자 두 명 중 하나였고 최미주는 배우였다. 그러니까 이곳에서 가장 연예인에 가까운 사람이었다.

"크리스마스이브인데 늦게까지 일하셨네요?"

잠시 말문이 막혔다. 사무실에서 무색소설을 쓰느라 근무 시간 절반을 날렸다는 말은 하고 싶지 않았다. 이나니가 주인공인 소설들은 모두 건전하기 짝이 없었다. 하지만 같은 필명으로 나온 열일곱 권은 섹스와 폭력으로 범벅이 되어 있었다. 어쩔 수 없었다. 다른 식으로 무색소설을 쓰는 방법을 몰랐던 것이다. 모두가 그랬다.

"그쪽도 늦은 건 마찬가지네요."

여희가 대답했다.

"일이 많아요. 얼마 전에 전주에서 새 트럭이 왔어요."

아발론 문화부의 주 업무는 한반도의 문화유산을 수집해 보존하는 것이었다. 2세기가 지난 지금도 이 작업은 끝나지 않았다. 아발론에서 파견한 수많은 보물 사냥꾼이 여전히 전국을 뒤지고 다녔고, 그와 함께 지하의 저장고도 점점 커져갔다. "문제가 좀 생겼어요. 보물 사냥꾼 몇몇이 고서를 수집할 때 무색인과 거래를 했대요. 그 때문에 영감이 지금 난리예요. 전 일 핑계 대고 달아났지요."

'영감'은 문화부 장관인 고영후였다. 59세이니 아발론에서 감투를 쓰고 있는 사람 중 가장 나이가 많았다. 대부분 공무원은 50대 중반이면 알아서 은퇴하고 인생을 마무리할 준비를 하지만, 장관은 책상 앞에서 죽을 각오가 되어 있었고 아무도 이 노인네를 막지 못했다. 여전히 건강해서 일흔 살까지 살지도 모른다는 말도 돌았다.

"무슨 거래요?"

"그걸 모르겠어요. 아무도 말을 안 해요. 영감이 길길이 뛰는 걸 보면 뭔가 심각한 것 같긴 한데."

"왜 그러는지 모르겠군요. 우리도 무색인들을 받아들일 때가 됐잖아요."

"영감 밑에서 몇 년 일하면 그런 말 안 나올걸요."

두 사람은 크리스마스트리 앞에 도착했다. 지하 광장 한가운데에 선 20미터 높이의 청동 거인이었다. 제도권 종교는 멸망과 함께 사라졌으므로 23세기의 트리에는 기독교를 상징하는 장식물이 없었다. 아발론에서 크리스마스는 무사히 1년을 마무리 지었음을 축하하는 비종교적 행사였다. 천장 스피커에서 흘러나오는 옛 캐럴들의 가사는 바뀌지 않았지만, 사람들은 신경 쓰지 않았다. 크리스마스트리 밑에 성가족상을 가져다 놓아도 그리스신화 캐릭터 이상의 의미를 읽지 못했을 것이다.

최미주가 창고로 떠난 뒤에도 여희는 크리스마스트리 앞에 남았다. 스피커에서 흘러나오는 주디 갈런드의 노래를 들으며, 영감이 노리는 보물을 움켜쥐고 거래를 제안했을 무색인들에 대해 생각했다. 이나니 소설에 나올 법한 이야기였다. 지금 쓰고 있는 이야기 후반에 넣어도 좋겠어. 아나나미 할머니의 지도로 찾은 보물을 움켜쥐고 자기를 야만인 취급하는 아발론 사람들에게 당당하게 거래를 요구하는 이나니. 멋지잖아. 이야기 막판까지 왔는데도 지도가 가리키는 목적지에 뭐가 있는지 몰라 골치 아프던 차였다. 그래, 고서로 하자. 하지만 아발론 사람들에게서 이나니가 얻을 수 있는 건 뭐지?

광장의 시계탑에서 조그만 인형들이 나와 망치로 종을 여덟 번 쳤다. 윤니는 친구들과 함께 5층 영화관에서 내털리 우드가 나오는 〈34번가의 기적〉을 본다고 했다. 예수나 신이 언급되지 않는 크리스마스 영화였다. 일곱 시부터라고 했으니 40분 뒤엔 끝나겠다. 저녁을 준비할 시간은 충분했다.

10분 뒤, 여희는 집에 도착했다. 코트를 옷장에 넣고 부엌으로 갔다. 쿠키와 케이크는 이미 도착해 있었다. 돼지버섯 덮밥을 만들기 위해 쌀 펠릿이 든 그릇을 꺼냈다. 날이 날이니만큼 진짜 쌀을 쓸지 생각도 해봤는데, 여희와 윤니는 모두 공장에서 나온 쌀 펠릿을 더 좋아했다. 더 맛있었고 종류도 다양했다. 쌀을 전기밥솥에 넣고 작동 버튼을 누른 여희의 손이 그대로 멎었다. 등 뒤에서 노리듯 바라보는 기척에 천천히 고개를 돌렸다. 오렌지색 의무노동복을 입은 작은 여자가 허수아비처럼 어색한 자세로 서 있었다.

"누구세요?"

차분히 물었다. 아발론에서 폭력 범죄는 드물었다. 지금까지 이런 일이 닥칠 거라고는 단 한 번도 생각해 본 적이 없었다. 하지만 지금 이 상황은 뭐지? 저 사람은 남의 집에서 뭐 하고 있는 거야?

"우나이아이 작가님인가요?"

어색한 억양, 동굴처럼 울리는 콘트랄토. 무색인이었다. 얼굴이 화끈거렸다. 무색소설은 오로지 전자 텍스트 형태로 아발론 안에서만 돌았다. 이게 유출되어 진짜 무색인들에게 넘어갈 거라고는 단 한 번도 생각해 본 적이 없었다. 그들이 읽으라고 쓴 게 아니었다.

돌아선 여희는 침입자를 관찰했다. 갈색 가발과 콘택트렌즈, 메이크업까지 그럴싸한 변장이었지만 완벽하지는 않았다. 길 가다 지나치는 사람들은 눈치채지 못하겠지만 지금처럼 가까운 거리에서 얼굴을 마주 보고 있을 때는 사정이 다르다.

무색인은 조악하게 만든 작은 종이책을 왼손에 들고 있었다. 손때 묻은 그 책은 첫 번째 이나니 소설인《지하 통로의 이나니》였다.

"그 책을 읽으셨나요?"

여희가 물었다.

"네. 좋았어요. 두 번째 책은 더 좋았어요."

무색인은 갑자기 책을 쑥 내밀며 말했다.

"혹시 사인해 주실 수 있나요?"

여희는 숨을 들이마셨다. 자기가 쓴 종이책에 사인하는 작가라니. 역사소설에나 나올 법한 순간이었다. 잠시 머뭇거리다 무색인이 내민 만년필을 받아 안쪽 표지에 '우나이아이'라고 썼다. 한 번도 손으로 쓴 적이 없는 이름이라 쓰다가 한번 멈추고 철자를 확인해야 했다. 그것만으로는 부족한 것 같아서 밑에 '감사합니다'라고 썼는데, 아무래도 어울리지 않는 것 같았다.

돌려주기 전에 책을 훑어보았다. 프린터로 인쇄한 종이를 옛 한문책처럼 끈으로 묶은 모양이었다. 표지 그림은 손으로 직접 그린 것이었다. 두꺼운 표지에 그려진 여자아이의 얼굴은 김유나를 조금 닮은 거 같기도 했다.

무색인은 책을 받아 노동복 주머니에 넣었다. 그동안 여희의 머리는 핑핑 돌아갔다. 저 사람은 어떻게 내가 우나이아이라는 걸 알고 있지? 아발론에서 21교육유닛의 과학 교사인 반여희가 저 필명으로 무색소설을 쓰고 있다는 걸 아는 사람은 겨우 다섯 명. 모두 15년 전에 가입해 2년 정도 활동했던 무색소설 동아리 회원들이었다. 이들 중 지금까지 소설을 쓰는 사람은 여희뿐이었다. 다들 일에 바쁘고……

"그 책은 어디에서 났나요?"

여희가 물었다.

"그냥 생겼어요. 몇 년 동안 돌아다녔어요. 한 3년 됐어요."

《지하 통로의 이나니》가 나온 건 4년 전이다. 막 나온 무색 소설을 찍어 무색인들에게 넘기는 네트워크가 그전부터 존재하고 있었다는 말일까.

"제가 우나이아이라는 건 어떻게 알았고요?"

"김자영 선생님이 말씀해 주셨어요."

찰칵. 모든 게 맞아떨어졌다. 문화부의 김자영. 자영은 다른 회원들과 대판 싸우고 동아리를 떠났고, 그 뒤로도 이런 소설들이 실제로 존재하는 무색인들을 착취할 뿐이라며 맹렬하게 비난하고 다녔다. 지금은 무색인 정책과 관련해서 가장 급진적인 무리에 속해 있다. 아발론 연구자 중 무색인 방언에 가장 능숙한 사람이었고, 이나니 시리즈를 쓸 때 가장 도움이 되었던 것도 자영의 논문이었다. 아까 최미주가 언급했던 보물 사냥꾼 무리에 자영도 포함되어 있을까? 그럴 법도 했다.

"자영이가 요새로 들여보내 주었나요?"

끄덕끄덕.

"도대체 왜 오셨나요?"

"김자영 선생님이 말씀하셨어요. 지금 저희를 도와줄 사람은 우나이아이 선생님뿐이라고요."

그림이 그려졌다. 자영이 여희에게 품고 있던 악감정이 그동안 사라졌을 리가 없었다. 두 사람 모두 그렇게까지 정신적으로 성숙한 어른이 아니었다. 자영은 무색인에 대한 여희의 정치적 입장이 설거지물처럼 흐리멍덩하다는 것도 알았다. 사람들과 함께 있을 때면 적당히 급진적으로 들리는 말을 종종 내뱉지만 정작 무색인에 대한 급진적 정책이 채택되면 움찔할 부류였다. 그들은 요새 바깥에, 이나니가 살고 있는 상상 속 모험 세계에 있는 게 가장 좋다. 이런 여희의 생각을 너무나도 잘 알고 있는 사람이 바깥에서 숨겨 들인 무색인을 맡겼다? 이건 협박이었다. 자영은 여희가 이 요구를 거절할 수 없는, 가장 조종하기 쉬운 사람이라는 걸 알았다. 이 구렁이 백 마리 삶아 먹은 여우 같은 년.

팅 하는 소리가 들리고 전기밥솥이 꺼졌다. 여희는 알고 있는 모든 욕을 꺼내 속으로 잘근잘근 씹으며 돼지버섯을 요리하기 시작했고, 무색인은 등 뒤에서 최대한 방언을 섞지 않으려 노력하면서 지금까지의 사정을 설명했다.

여자의 이름은 자할이라고 했다(여자 이름은 모음으로 시작한다는 규칙은 어떻게 된 거지? 게다가 ㄴ도 ㅁ도 없잖아). 예전엔 전주, 익산, 군산으로 불리던 곳을 떠돌며 살았다. 어부였고 농부였다. 그리고 교사였다(교사라는 단어를 발음할 때 멋쩍은 미소가 떠올랐다). 지금은 군산에 있는 작은 마을에 학교를 세워 아이들을 가르치고 있다.

"최대한 책을 많이 모았어요." 자할이 말했다.

"옛날 책 수백 권. 절반은 아무 쓸모가 없었어요. 외국어책이거나. 뜻을 이해할 수 없거나. 내용이 이해되는 몇몇 소설은 왜 썼는지도 모르겠더군요. 쓸만한 건 백 권 정도였어요.

그 책들을 아이들과 함께 필사해서 수십 권으로 불렸어요. 하지만 아직 모자라요. 특히 과학책, 수학책요. 혼자 열심히 공부했지만 제가 배우고 가르치는 데엔 한계가 있어요. 전 아직도 미적분법이 이해가 안 가요. 아이들과 함께 연구하고 있지만 제대로 하고 있는지 모르겠어요.

마을에서는 저희가 요새 사람들을 흉내 내며 시간 낭비를 한다고 생각하지요. 다들 먹고살기 바쁘니까요. 하지만 저흰 멈출 수가 없어요. 언제까지 이렇게 살 수는 없잖아요. 다르게 살 수 있는 길이 있다는 걸 아는데요.

전주에서 김자영 선생님을 만났어요. 그분은 우리가 쓰는 말의 사전을 만든다고 하셨어요. 그분에게 저희가 모은 책들을 보여주었어요. 저희가 읽을 수 없는 책 수십 권이 아주 중요한 보물이라고 하더군요. 그래서 저희가 제안을 했어요. 읽을 수 없는 책을 줄 테니 읽을 수 있는, 우리에게 필요한 책을 달라. 공정하지 않나요? 그게 그렇게 들어주기 어려운 부탁인지 몰랐어요. 여긴 책이 많잖아요."

"종이책은 없어요. 여긴 바깥보다 종이가 더 귀해요. 거의 만들지 않으니까요."

"그 때문만은 아니죠?"

맞다. 그 때문만은 아니었다. 아발론 요새 사람들은 무색인들을 혐오했다. 그들의 지능을 의심했고 그들을 둘러싼 폭력적인 소문을 두려워했다. 색소가 결핍된 외모 역시 이미지에 도움이 되지 않았다. 저들이 더 이상 늘어나지 않기를, 그게 어렵다면 될 수 있는 한 아발론에서 멀리 떨어진 곳에 살기를 바랐다. 첫 번째 바람은 단순하지만 효과적인 피임 기구의 제공으로 이어졌다. 수많은 무색인 여자들이 그 혜택을 보고 있었다. 하지만 아발론의 문명인들이 이들에게 주는 유일한 선물이 산아제한이라면 이는 그냥 인종차별적이었다.

그러는 와중에 무색인들을 주인공으로 한 콘텐츠가 태어났다. 틀에 박히고 안전한 삶을 사는 아발론 사람들이 모험과 폭력과 섹스의 갈망을 무색인들에게 투영한 것이다. 사람들은 무색인들의 기원에 대해서도 열광했다. 이들의 조상은 멸망 때 아발론 바깥에서 살아남은 5세에서 8세 사이의 아이들이었다. 그 아이들이 스스로 살아남아 어른이 되었고, 이들 사이에서 색소결핍증을 비롯해 여러 가지로 아발론 사람들과는 다른 특징을 가진 자손들이 태어났다. 이른바 무색인 문화가 시작된 초기 몇십 년을 배경으로 무색소설과 무색만화가 끊임없이 생산되었고, 여희도 그 시대를 배경으로 무색소설 다섯 편을 썼다. 지독하게 잔혹하고 선정적이라 여희 자신도 다시 읽을 생각이 없는 그런 이야기들이었다. 오로지 경계선 너머에서 망상하는 사람들만 쓸 수 있는 이야기.

자할은 주머니에서 가장자리가 노랗게 변한 낡은 종잇조각을 꺼내 펼쳤다. 김자영의 지시 사항이 꼼꼼하게 적혀 있었다. 2,000자가 넘는 글을 연필로 직접 쓰면서 킬킬거리는 옛 친구의 모습이 상상됐다. 얼마나 재미있었을까.

읽어보니 왜 여희를 골랐는지 이해가 갔다. 자영의 계획은 꼼꼼하게 고른 스무 권의 책을 인쇄해 자할에게 넘겨주는 것이었다. 하지만 인쇄용 종이는 귀했고 허가증 없이는 쓸 수 없었다. 프린터를 사용하는 데에도 따로 허가증이 필요했다. 매년 갱신되는 이 허가증들을 모두 가진 부류는 얼마 되지 않았는데, 교사도 거기 속했다. 단지 사용 시에는 항상 이름이 남았고, 발각되면 나중에 귀찮아질 게 뻔했다. 오래전에 싸우고 갈라진 옛 친구를 애매하게 괴롭힐 수 있는 애매한 위험이었다. 너무 적절한 도발이라 화가 났다.

초인종이 울렸다. 겁에 질린 자할은 소파 뒤로 몸을 숨겼다. 여희는 문을 열었다. 윤니, 그리고 같이 영화를 보러 간 이웃집 예린이와 예린이 엄마였다. 윤니가 호들갑을 떨면서 두 사람에게 인사한 뒤 문이 닫혔다. 산타클로스와 크리스마스의 기적에 대해 신나게 이야기하려던 아이는 소파 뒤에서 머리를 내민 손님을 발견하고 주춤했다. 여희는 다른 구역에서 찾아온 옛 친구라는 거짓말을 만들어 내느라 잠시 애를 먹었다.

세 사람은 같이 저녁을 먹었다. 자할은 쌀 펠릿의 감촉과 맛이 낯선지 신기하다는 표정을 지었고 눈치 빠른 윤니는 그 순간을 놓치지 않았다. 걱정했지만 아이는 별말이 없었다. 윤니는 쿠키와 케이크를 먹은 다음 세수를 하고 이를 닦고 자기 방에 들어갔고, 거실에는 다시 두 사람만 남았다.

"11시까지는 학교 프린터를 쓸 수 있어요."

여희가 말했다.

"서둘러야 해요. 하지만 그걸 다 들고 갈 수 있을까요? 종이책에 대해서는 잘 모르지만 스무 권이면 부피가 상당할 텐데?"

"김자영 선생님과 이미 계산해 봤어요. 작은 글씨로 조그맣게 만들 거예요. 선생님은 삼중당 문고 사이즈라고 했어요. 그게 무슨 뜻인지 아세요?"

몰랐다. 옛날 종이책을 먹고 사는 문화부 책벌레들만 이해할 수 있는 은어겠지.

두 사람은 아파트를 나섰다. 장비실까지는 2킬로미터 정도 되었다. 사람들 눈에 뜨이지 않는 한산한 길로 돌아가면 그보다 1킬로미터를 더 걸어야 했지만, 여희는 두 번째 길을 택했다. 안전한 게 최고였다.

걸으면서 여희는 가끔 자할을 훔쳐보았다. 신기한 듯 두리번거리며 꾸준히 입을 놀리고 있었다. 소리는 들리지 않았지만, 리듬이 느껴졌다. 저런 식으로 오늘 일어난 일을 기억하는 거구나. 끊임없이 이어지는 정형시를 만들면서. 이나니도 2권인 《부천의 이나니》에서 그랬다. 소문으로는 들었지만, 진짜 무색인이 옆에서 그러고 있으니 신기했다.

"제 이야기는 그럴싸한가요?"

여희가 물었다.

"저희가 '이나니' 소설에서처럼 사느냐고요?"

"네."

"그럴 리가 있나요."

"역시 그렇군요."

"하지만 저희가 다 아는 내용이면 굳이 책으로 읽을 필요가 있을까요? 거꾸로 '이나니' 소설을 읽은 아이들이 책을 많이 따라 해요. 울루아니 노래 대결에 나오는 신조어도 유행하기 시작했어요. 결투 춤도요."

없던 걸 만든 게 아니었다. 김자영의 논문을 읽고 최대한 그럴싸하게 재조합한 말들이었다. 그게 이상한 신조어가 되어 다시 무색인 아이들에게 받아들여졌고 진짜가 됐다. 결투 춤도 마찬가지였다. 분명 몇몇 문화부 직원들이 목포에 사는 무색인들의 결투 춤을 기록했고 여희는 이를 충실하게 옮겼을 뿐이다. 이걸 성공이라고 해야 하나.

장비실에 도착한 여희는 신분증으로 문을 열고 안으로 들어갔다. 난방이 되지 않아 추웠고 먼지투성이였다. 누군가 의무노동 시간에 땡땡이를 치고 놀았던 거지. 하긴 일주일에 한 번 정도 열리는 곳이니 그렇게 꾸준히 청소해 줄 필요는 없었을 것이다.

여희는 히기증으로 프린터를 켰다. 종이가 충분한지 확인하고 지영이 적어 준 사이즈와 책 제목들을 입력했다. 손바닥만 한 작은 종이가 작은 글자들을 입고 한 장씩 튀어 나왔다. 독서기를 켜면 언제든 꺼내 읽을 수 있는 책들, 지금까지 단

한 번도 소중하다고 느껴본 적 없는 책들이었다.

종이가 다 내려오자, 자할은 주머니에서 얇은 천으로 만든 작은 주머니를 꺼내 펼쳐 백팩을 만들었다. 종이들을 쑤셔 넣으니 백팩은 팽팽해졌다. 장비실에서 나오자 자할은 여희에게 고개를 꾸벅 숙여 인사를 하고 맞은편 복도를 향해 뛰어갔다.

크리스마스 아침, 여희는 최악을 각오하며 독서기로 조간신문을 열었다. 문화부 내부의 갈등에 관해서는 구체적인 내용이 빠진 채로 두 페이지짜리 기사가 실려 있었지만, 무색인 침입자 뉴스는 없었다. 워낙 사건이랄 게 없어서 온갖 시시콜콜한 이야기를 다 찾아 올리는 신문기자들이 이렇게 조용하다는 건 그들이 그 일에 대해 진짜 모른다는 뜻이었다. 김자영과 동료들이 아주 치밀하게 일을 꾸미고 있다는 뜻이기도 했다.

아침 식사 후, 윤니와 함께 스케이트장에 갔다. 코코아를 마시며 놀이방 친구들과 함께 얼음 위를 빙빙 도는 딸을 바라보던 여희는 이나니의 다음 행보를 생각했다. 운 나쁘게 주인공을 만나 목숨을 잃은 멧돼지와 앞으로 이나니와 어떻게 엮일지 알 수 없는 타조들에 대해 생각했다. 머리를 쥐어쨌지만, 이야기는 이어지지 않았다. 지금까지 김유나를 닮았던 이나니의 얼굴이 자할의 얼굴과 겹쳐졌고 독백을 떠올리면 자할의 낮은 목소리가 들렸다. 이런 식으로는 이야기를 쓸 수 없었다.

의무노동복을 입은 키 큰 여자가 아무 예고도 없이 여희의 맞은편에 턱 하니 앉았다. 자영이었다. 못 본 사이에 살이 많이 빠졌고 피곤해 보였다.

"죽여버리겠어."

여희가 말했다.

"그러시든가."

들고 있던 청소기를 의자 등받이에 걸치며 자영이 대답했다.

"너한텐 이 모든 게 장난이지?"

"누가 할 소리를. 네가 장난으로 만들던 이야기 속 주인공을 직접 만나니 기분이 어때? 우나이아이라면 감동했을 거야. 적어도 '이나니' 시리즈를 쓴 우나이아이라면 말이지. 《사탄의 축제》를 쓴 우나이아이는 아닐지도 모르겠지만."

"도대체 나한테 왜 이러는 거야?"

"뭐가? 그래 봐야 네가 잃을 게 뭐가 있어? 기껏해야 인기 있는 무색소설 작가라는 게 들통날 뿐이지. 게다가 네 최근작은 좋아. 심지어 무색인들도 좋아한다고. 어린이 학대물을 쓰던 네가 그동안 얼마나 발전했는지 봐."

"내 책도 네가 만들어 내보낸 거야?"

"아니, 그쪽은 네트워크가 따로 있어. 자기 책을 무색인들에게 읽히고 싶어 하는 작가들과 그들을 따르는 독자들이 있지. 그런 사람들이 모여 선집 형태로 종이책을 만들어 방출했어. 세 번 정도 그랬던 거 같아. 그러다 일이 터졌지만."

"무슨 일?"

"일 년 전에 보물 사냥하러 나갔다가 무색인들에게 살해당한 문화부 직원 기억해? 그중 한 명이었어. 자기가 재미있게 읽은 소설이 무색인들에게 얼마나 모욕적일 수 있는지 몰랐던 거지. 자기 망상을 너무 진지하게 여기면 그렇게 돼.

그에 비하면 너는 운이 좋아. 적당히 빠질 때를 알았고, 어쩌다 보니 무색인들도 좋아할 만한 이야기를 쓰고 있지. 자할도 좋은 사람이야. 좋은 정도를 넘어 위대한 사람일 수도 있어. 그 사람이 너를 좋아해. 정확히 말하면 이나니와 우나이 아이를 좋아하는 거지만. 너, 알아? 무색소설을 쓰는 무색인 아이들이 생겨나고 있어. 너를 흉내 내는 거야. 너에겐 악몽이겠지. 더 이상 네 망상이 망상으로 머물지 않게 되었으니 말이야. 곧 아발론의 무색소설 작가들은 이 장르에서 통제권을 잃게 될 거야. 당사자들이 글을 쓰고 있다고."

자영은 등받이에 몸을 기대고 심술궂은 미소를 지었다.

"언제까지 이렇게 살 수는 없어. 무색인들은 우리보다 멸망 이후의 세계에 더 잘 적응하고 있어. 한반도에 사는 무색인만 벌써 백만을 넘어섰어. 없는 척 무시할 수도, 적대시할 수도 없어. 우린 결국 어울리며 살아야 하고 그 방법을 찾아야 해."

"네 말대로 그 사람들은 자기들 방식대로 잘 적응해서 살고 있어. 굳이 간섭할 이유가 뭐지?"

"너로선 이 상태가 딱 좋겠지. 우리 세계를 파괴하지 않으면서 네 판타지를 만족시킬 수 있으니까. 하지만 그건 고통과 어리석음의 반복일 뿐이야. 인간은 어느 단계까지는 자연을 파괴하는 병적인 존재야. 농업, 어업, 목축업 모두 자연 파괴 행위지. 우리가 인간인 이상 자연과 조화를 이루는 삶은 망상이야. 지금 우리는 그 단계를 넘어서고 있고 저들도 동참해야 해. 하지만 우리에게 일방적으로 흡수되는 방식은 곤란하지. 고영후 같은 영감들이 맞서고 있어서 그게 쉽지도 않을 거고.

자할과 같은 사람들은 두 세계를 잇는 다리가 되어줄 거야. 우리에겐 더 많은 자할이 필요해. 너 같은 사람들이 저들을 돕는 건 역사적 의무라고."

"그런 의무 따위는 없어. 네가 그런 걸 나에게 떠넘겨도 되는 이유는 없다고."

"이제 생겼어. 너도 알 거야. 네가 싫더라도 '이나니' 시리즈를 쓴 우나이아이는 생각이 다를 거라는 걸. 그리고 너와 우나이아이의 생각이 다르다면 누구의 생각이 옳을까? 간단한 숙제를 줄게. 저들에겐 더 많은 과학 교사가 필요해. 네가 도움이 될 방법을 생각해 봐."

청소기를 집어 든 자영은 올 때처럼 인사도 없이 갑자기 자리를 떠났다. 여희는 머리를 감싸 안고 이 딜레마를 해결할 방법을 찾았지만, 답이 나오지 않았다. 자영의 마수에서 빠져나올 방법도 없었지만 우나이아이에 관한 지적도 맞았다. 반여희와 지금의 우나이아이 중 옳은 건 우나이아이일 수밖에 없었다. 무엇보다 여희는, 아니, 우나이아이는 독자를 실망시킬 수 없었다. 그 독자가 난생처음 얼굴을 본 '이나니' 팬이라면 더더욱.

여희는 생각을 접고 스케이트를 타는 아이들을 바라보며 다시 이나니의 세계로 돌아갔다. 아직은 미적분을 배울 필요도 없고 여희 같은 사람들의 평가도 필요 없는 이나니는 이야기가 끊어진 지점에서 타조들의 시선을 받으며 지도를 읽고 있었다.

타조들이 후닥닥 달아났다. 아무래도 당장은 타조로 이야기를 끌어갈 수 없었다. 대신 다른 걸 등장시키자. 호랑이, 맞아. 호랑이가 낫겠지. 타조를 사냥하려고 종각 근처에 숨어 있던 호랑이가 뛰어나오는 거야. 이나니가 이 상황에서 살아남으려면 어떻게 해야 할까? 호랑이를 죽일 수는 없어. 살생은 하루에 한 번으로 충분해. 하지만 다른 방법이 있을까? 이 끊어진 이야기를 이어갈 해결책이?

'방법이 있겠지. 급하지 않아.'

여희는 생각했다.

불가사리를 위하여

1.

화가의 친구들은 나를 나무에 묶어두고 떠났다.

몸을 비틀어 보았지만 소용없었다. 밧줄은 튼튼했고 매듭은 단단했다. 할 수 있는 일이라곤 구부정하게 꺾인 무릎을 펴 나무를 등지고 일어서는 것밖에 없었다. 다시 터진 이마의 상처에서 끈적거리는 피가 코를 타고 흘러내렸다. 화가가 생전에 온갖 간지러운 미사여구로 칭찬했던 내 코는 남자들의 주먹질로 뼈가 부러졌고 콧물과 피로 콧구멍이 막혀 있었다.

해가 지고 있었다. 서늘한 저녁 바람이 개울물과 오줌으로 젖은 내 찢어진 옷과 살갗 사이로 스며들어 왔다. 나는 부르르 몸을 떨고 몸을 뒤틀었다. 저고리 밑 등가죽이 벗겨질 것 같았지만 어쩔 수 없었다. 가만히 앉아 불가사리의 밥이 될 수는 없었다.

멀리서 흥얼거리는 노랫소리가 들렸다. 여자 목소리 같기도 했고 남자 목소리 같기도 했다. 내가 아는 조선 노래는 아니었다. 미국인인가? 영국인인가? 아니면 네덜란드인? 나라에서는 막았지만, 여전히 호기심에 끌린 수많은 서양 사람들이 바다를 건너고 산을 넘어 우리 마을로 들어와 머물렀다. 이 지역 관리들은 완전히 손을 놓았다.

저녁해를 등지고 선 크고 비쩍 마른 몸 때문에 서양 사람인 줄 알았다. 하지만 아니었다. 심지어 남자도 아니었다. 시간인 여자였다. 흥얼거리는 노래의 가사도 들어보니 조선말과 비슷한 구석이 있었다.

나는 고함을 질렀다. 도와달라고 외치려 했지만 말라붙은 내 목구멍에서 흘러나온 소리는 짐승의 울부짖음에 가까웠다. 상관없었다. 시간인이건, 서양인이건 내 말을 못 알아듣는 건 똑같을 테니까.

노래가 멎고 눈앞에서 불빛이 번쩍였다. 무언가가 내 얼굴에 하얀 빛을 쏘고 있었다. 내가 눈을 껌뻑이는 동안 시간인은 그 번쩍이는 것을 들고 천천히 언덕을 올라왔다. 하얀 빛이 꺼졌고 주변을 감싸는 노랗고 둥그런 빛이 우리 둘을 감쌌다. 나는 그제야 시간인의 둥근 눈과 뾰족한 턱을 볼 수 있었다.

걱정이 됐다. 시간인 기준에 무엇이 정상인지 내가 어떻게 알겠냐마는, 가는 목 위에서 좌우로 흔들리는 얼굴과 퀭한 눈과 끝없이 웅얼거리는 콧노래는 믿음이 가지 않았다. 여자가 입고 있던 코트 주머니에서 칼을 꺼내는 것을 보고 나는 눈을 감았다.

밧줄이 끊어졌다. 해방된 나는 털썩 흙바닥에 쓰러졌다. 시간인은 떨리는 손으로 내 어깨를 잡았다. 지금까지 참고 있던 눈물이 터져 나왔다. 나는 눈물과 콧물과 코피가 범벅이 된 채 엉엉 울었다.

울음이 잦아들자, 시간인은 나를 일으켜 세웠다. 주머니에서 축축한 수건을 꺼내 내 얼굴과 이마를 닦아주었다. 진정한 나는 여자를 따라 천천히 언덕을 내려갔다. 마을에 남은 아버지에 대한 미련은 없었다. 집안에 쳐들어온 남자들이 막내딸을 구타하고 끌어내는 걸 멀뚱멀뚱 바라보고만 있던 표정 없는 얼굴이 떠올랐다. 그 남자에게 나는 지나치게 많은 딸 중 한 명일 뿐이었다. 이름이나 제대로 알았을까. 내가 의무적으로 바쳐야 했던 애정은 그 사람에게 무슨 의미가 있었을까.

시간인의 집은 언덕 밑에 있었다. 하얀 반구형이었고 동그란 작은 창이 군데군데 나 있었다. 집 밖에는 투박하게 만들어진 나무 탁자와 의자 두 개가 놓여 있었고 키가 나보다 별로 큰 것 같지 않은 통통한 여자 한 명이 앉아 책을 읽고 있었다. 도서관 하나가 다 들어 있다는, 금속과 유리로 만든 마법책이었다.

작은 여자는 우리를 보자 책을 접어 탁자 위에 놓고 뭐라고 외치며 달려왔다. 나는 그 말 대부분을 알아듣지 못했다. 긴 팔을 휘두르며 더듬더듬 떠들어대는 키 큰 여자로부터 사정을 파악한 작은 여자는 마법책을 만졌다. 여자가 말을 하자 기계는 어린아이 목소리로 그 말을 통역했다.

"많이 다쳤나요?"

여기서부터 글쓰기가 좀 이상해진다. 나는 지금 당시 내가 알아듣지 못했던 바로 그 언어로 이 이야기를 쓰고 있다. "많이 다쳤나요?"는 그 작은 여자가 말했던, 내가 알아듣지 못한 원래의 문장이었다. 나는 내가 당시 썼던 말, 그러니까 내가 살았던 시간선인 19세기 중반 조선의 강원도 사람들이 썼던 방언을 비교적 정확하게 기억하지만 지금 와서 이를 재현하는 것은 무의미한 일이다.

두 여자는 나를 집 안으로 데리고 갔다. 욕실로 데리고 가 넝마가 된 옷을 벗기고 몸을 씻기고 말리고, 터진 상처를 치료했다. 작은 여자가 파란 파자마를 가져와 나에게 입혔다. 내 옷은 소각기로 들어갔다. 어머니가 세상을 뜨기 전 마지막으로 지어준 옷이었지만 감상은 없었다. 대신 내 관심은 파자마에 달린 단추에 쏠려 있었다. 마을 남자들의 반은 서양 옷을 받아들였지만, 여자들은 여전히 우리 옷을 고수했고, 나는 단추가 달린 옷을 그날 처음 입어보았다.

마음이 편해졌다. 키 큰 여자만 있었다면 불안했으리라. 하지만 이 집의 두목은 작은 여자였고 친구와는 달리 멀쩡해 보였다. 무엇보다 나는 그들이 사는 집과 사랑에 빠졌다. 계곡을 스치는 날카로운 겨울바람을 막아주는 하얗고 밝고 깨끗하고 따뜻한 공간. 나는 그 순간처럼 내가 보호받고 있다고 느꼈던 적이 없었다. 안심한 나는 앉아 있던 소파에서 거의 기절하듯 쓰러져 잠들었다.

2.

키 큰 여자의 이름은 지호였고, 작은 여자의 이름은 성초였다. 엘더베리가든의 지호와 성초. 엘더베리가든은 '아직까지 남아 있는 케이팝 유물'이었다. 그들이 온 시간선의 미래에서는 무리 지어 다니는 예인들이 패거리 이름을 성 대신 썼다고 했다. 그들에게 아버지의 성은 중요하지 않았다. 같이 있는 친구들이 더 중요했다.

그들은 예인이 아니었다. 성초는 의사였고 지호는 과학자였다. 나는 과학자라는 단어를 몰랐기 때문에 성초는 이를 설명해야 했다. 다행히도 우리가 사는 우주가 어떤 곳인지까지는 설명할 필요가 없었다. 불가사리들이 우리 마을을 찾아온 게 8년 전, 이들이 만든 통로를 통해 시간인들이 동네를 찾기 시작한 건 4년 전부터였다. 우리는 이미 끝없이 갈라지는 평행우주에 대해 어느 정도 알았다. 세상이 발전하면 과거로 가는 시간여행이 가능하지만 그만큼 기술이 발전하면 그 기술로 만들어 낸 기계신이 인간 정신을 지배하게 되며 수많은 사람이 이를 피해 과거로 달아난다는 것도 알았다. 이들은 과거로 돌아가 새로운 기술을 전파했고 결국 그 시간선에서는 다시 인간 정신을 지배하는 기계신을 만들어 낸다고 한다. 결과를 알고 있으니 만들지 않으면 될 텐데, 그런 일은 잘 일어나지 않는 것 같다고, 성초는 말했다.

우리는 투명 외투를 입고 언덕에 앉아 쌍안경으로 불가사리들을 관찰하고 있었다. 화려한 초록색에 군데군데 빙글빙글 도는 소용돌이무늬가 박힌 옷이어서 투명 외투라는 이름이 이상하게 들렸지만, 이 옷을 입으면 그들은 우리를 보지 못했다. 마법책으로 파도 소리처럼 나른한 음악을 틀면 우리 목소리나 발소리도 듣지 못했다.

불가사리 두 마리가 네 마리 새끼와 함께 개울을 따라 걷고 있었다. 길이 2.5미터의 어미들은 검은색 전갈 비슷했다. 단지 여섯 개의 길쭉한 다리는 몸통 옆이 아닌 배 밑에 나 있었고 앞에 난 집게발이 벌어지면 그 안에는 사람과 비슷한 손이 드러났다. 몸 앞에 삐죽 나와 있는 둥근 얼굴은 입 없는 부처상 같았다. 거대한 입은 목 밑, 몸통 앞에 따로 나 있었다. 아무런 계획 없이 사람과 전갈을 반씩 섞어서 검은색을 칠한 것 같은 못생긴 기계였다.

새끼들은 어미들의 미완성품처럼 보였다. 넓은 몸통과 둥근 머리는 어미와 크기가 같았다. 하지만 몸통 뒤로 길게 이어지는 꼬리가 없었고 네 개밖에 없는 다리는 짧고 무릎 관절이 없었다. 짐승의 새끼보다는 미완성의 기계처럼 보였고 실제로 그랬다. 저들은 새끼를 낳는 대신 몸 안에서 부품 하나하나를 만들어 뱉어낸 뒤 조립했다. 걸을 수 있는 다리가 생기면 새끼들은 어미들을 따라 돌아다녔다.

"저 짐승들이 어디에서 왔는지 우린 몰라요. 우리가 가진 지도 어디에도 저들의 고향은 나와 있지 않으니까요."

성초가 말했다.

여기서 '지도'는 평행우주의 지도였다. 시간여행으로 만들어진 수많은 평행우주는 시간인들이 뚫은 터널로 연결되어 있었다. 이 터널은 쉽게 막혔지만 일단 한 번 생기면 다시 뚫기도 쉬웠다. 시간인 여행자들은 각자의 지식을 모아 지도를 만들었다. 수많은 세계의 지도와 역사가 촘촘히 쌓인 거대한 도서관이었다. 몇몇 세계는 구별이 되지 않을 정도로 비슷했고 몇몇 세계는 전혀 달랐으며 이들 중 일부는 고정된 터널로 연결되어 몇백 년 넘게 하나의 큰 영토가 되기도 했다.

성초와 지호는 다른 우주에서 왔지만, 어린 시절부터 친구이기도 했다. 원래 둘은 하나의 세계에 살았다. 하지만 수많은 시간여행에 의해 그들의 우주는 계속 갈라졌고, 각각의 우주에 수많은 성초와 지호가 생겨났다. 성초와 같은 우주에 있던 지호는 불가사리를 연구하다 목숨을 잃었지만 계속 과거로 가는 시간여행을 하다 지금의 지호를 만난 것이다.

지금의 지호는 죽은 지호와 달리 정신이 좀 이상했다. 불가사리를 연구하는 동안 그들에게 살해당하는 대신 두뇌 일부가 동화되었다. 뒤통수와 목에 여전히 남아 있는 네모난 화상은 그때의 흔적이었다. 지호는 보통 때는 그럭저럭 멀쩡했지만, 불가사리 무리를 떠나지 못했고 그들의 수호자를 자처했다. 성초는 다시 만난 친구를 버릴 수 없었고 그 옆에 머물렀다. 불가사리들은 시간인들처럼 시간여행을 하며 수를 불렸고 무리는 계속 갈라지고 흩어졌다. 지호는 언제나 작고 어린 무리에 머물렀고 그 무리가 우리 마을을 찾은 것이다.

지호가 일어났다. 투명 외투를 벗어 풀 위에 얌전히 올려놓더니 갑자기 끽끽거리는 소리를 내며 불가사리 무리로 들어갔다. 불가사리들은 잠시 움찔했지만, 지호를 알아보고 곧 경계를 풀었다. 몸짓과 끽끽거림을 동원한 대화가 이어졌다. 어떤 내용인지는 전혀 알아들을 수 없었지만 그렇게까지 친근하거나 편안해 보이지는 않았다. 불가사리들은 지호를 조금 귀찮아하는 것처럼 보였고 가끔 흥분해 손발을 흔들며 어색한 춤을 출 때는 두 발짝 정도 뒤로 물러나 몸을 수그렸다.

우리는 지호를 따라 개울로 내려갔다. 이제 불가사리들의 얼굴이 분명히 보였다. 새끼 한 마리의 얼굴이 낯익었다. 턱이 잘려나가고 없었지만 분명 반년 전 열병으로 죽은 내 친구 순덕이의 것이었다. 불가사리들은 인간을, 새끼를 만드는 재료로 보았다. 그들은 무덤을 파내 시체의 뼈를 파냈고 그 위에 살과 금속 껍질을 입혔다. 분노한 마을 사람들이 공격에 나섰지만 모두 처참하게 살해당했고 몇 달 뒤 그들의 얼굴을 한 새끼들이 태어났다. 나는 새끼의 얼굴에서 죽은 친구의 흔적을 찾아보려 했지만 허사였다. 낯선 짐승이 내 친구의 두개골 안에서 살고 있었다.

"어떤 사람들은 저들이 다른 별에서 왔다고 생각해요. 우리는 아직 지구를 벗어날 수 없지만, 시간여행의 기술을 이용한다면 다른 별로 가는 것도 가능할 수 있으니까요. 하지만 나의 지호는, 그러니까 제가 전에 알았던 지호는 저들도 지구에서 왔다고 믿었어요. 우리가 아직 접하지 못한 역사 속에서, 인간과 인공지능의 전쟁 사이에서 단 한 번 만들어진 희귀한 존재라고요. 저들을 이해하면 우리가 인간으로 존재하면서 인공지능과 화해를 할 수 있을 거라고 믿었어요. 지금의 지호도 그걸 믿고 있어요. 적어도 제가 알기로는요."

"그걸 믿으세요?"

내가 물었다.

"잘 모르겠어요. 하지만 저들의 지금 모습이 설계의 결과가 아니라는 건 믿어요. 저들은 진화했어요."

나는 진화라는 단어를 제대로 이해하지 못했기 때문에 그 뒤로 긴 설명이 이어졌다. 내가 다윈에서부터 아데오예에 이르는 생물학의 역사를 속성으로 흡수하는 동안 빗방울이 뚝뚝 떨어졌다. 우리는 지호를 잡아끌고 점점 굵어지는 겨울비를 맞으며 집으로 돌아갔다.

집 앞에는 서양 사람 두 명이 검은 우산을 쓰고 서서 우리를 기다리고 있었다. 시간인이 아니라 이탈리아에서 온 학자 남매였다. 이들의 성은 베르다넬리였고 누나는 라우라, 동생은 아벨이었다. 나는 당시 이들의 이름을 몰랐지만 누군지는 알고 있었다. 우리 집안을 포함한 마을 사람 상당수가 이들과 거래를 하고 있었다. 이들은 1년 넘게 하인들과 함께 마을 근방에 커다란 텐트를 치고 머물면서 방문하는 시간인들을 인터뷰하고 불가사리들을 연구했다. 둘은 아시아 이곳저곳에 나타나기 시작한 시간인에 관한 이야기를 듣기 전엔 에트루리아라는 옛 나라를 다룬 책을 두 권 썼다고 한다.

성초는 손님들을 집 안으로 초대했다. 그들은 영어로 대화했다. 300년 뒤 외국어처럼 변한 조선어와는 달리 영어는 그리 많이 변하지 않았기 때문에 통역이 필요하지 않았다. 나는 이들의 대화를 따라잡기가 힘들었다. 통역기가 자동으로 영어를 통역했지만, 내가 아는 조선어는 이들의 대화를 따라잡기엔 어휘가 부족했고, 통역기는 종종 멈추어서 각각의 단어들을 풀어 설명해야 했다.

이들은 나를 알고 있었다. 라우라는 내 얼굴을 보자마자 '화가의 애인'이라 말했다. 화가의 그림과 사진은 이 근방에서 유명했다. 그 모델의 절반은 나였다. 처음에는 나도 우쭐했었다. 누군가가 나를 그렇게 다채롭고 아름다운 모습으로 그려줄 거라고는 상상도 하지 못했으니까. 하지만 그렇다고 해서 내가 그 남자의 소유물이 되어야 한다는 건 아니었다.

이탈리아 사람들은 이해가 잘 안 되는 모양이었다. 그들에게 예술가의 사랑은 고귀한 것이었다. 예쁜 얼굴을 빼면 특별히 내세울 게 없는 나 같은 시골 여자아이는 그 선택을 자랑스러워해야 했다. 지난 한 달 동안 나와 같이 살면서 내 혐오와 분노를 물려받은 성초는 혀를 차면서 '스토커'라는 단어를 썼는데, 남매에겐 이 단어의 의미가 잘 통하지 않아 따로 설명해야 했다. 설명을 들은 뒤에도 그들은 '예술가의 열정'을 들어 화가를 변호하려 했지만, 성초가 아폴로와 다프네의 이야기를 꺼내자 잠잠해졌다. 왜 눈앞에 있는 사람 말은 듣지 않으면서 옛이야기의 정령에는 설득되는지 여전히 이해하기 어려웠다.

하지만 그들도 화가의 친구들이 저지른 일에 대해서는 같이 분노해 주었다. 실연한 화가가 자발적으로 불가사리의 밥이 된 건 슬픈 일이다. 하지만 그렇다고 나를 구타하고 납치해 불가사리의 밥으로 만들려 하다니, 그건 야만적인 일이었다.

"사람마다 각자의 이야기가 있고 세상을 이해하려면 이들 모두의 이야기를 들어야 하지요."

성초가 말했다.

"저들은 냉정하고 잔인한 마녀 때문에 상처받은 예술가가 절망해 자살한 이야기를 따르고 있습니다. 하지만 우리가 아는 건 제멋대로인 양반집 아들이 가난한 농갓집 딸을 협박한 이야기예요. 화가의 절망은 아마 사실이겠지요. 하지만 여기 있는 말순 씨의 이야기를 듣기 전에 그 이야기가 완성될 수 있을까요?"

"그것은 불가사리와 기계신의 이야기 없이는 우리의 이야기도 완성될 수 없다는 뜻입니까?"

아벨이 말했다.

"그렇지요. 우리가 아는 건 인간의 이야기뿐입니다. 기계들에겐 다른 이야기가 있겠지요. 아마 저들을 피해 과거로 달아나는 건 그냥 어리석은 일인지도 모릅니다. 전 전체 이야기를 인간의 관점에서 이해하고 싶을 뿐인데, 이 역시 어리석은 기대인지도 모르지요."

"그렇다면 친구분은요?"

성초는 긴 다리를 꺾고 어색하게 앉아 창문 너머를 바라보는 친구를 서글픈 눈으로 바라보았다.

"아마 지호는 기계신도, 우리도 모르는 다른 이야기를 알고 있겠지요. 그 이야기를 알게 되면 두 이야기를 연결할 수 있을지도 모릅니다. 하지만 전 그냥 알고 싶어요. 평생 친구를 이해할 수 없다는 건 슬픈 일이니까요."

3.

싱가포르에서 온 시간인들이 우리 마을에 도착한 건 다음 해 늦은 봄이었다.

마을 사람들은 이미 시간인들에 익숙했지만, 이번은 사정이 달랐다. 그들은 정식으로 승인받은 외교관이었다. 언젠가 일어날 일이었다. 수많은 시간인들이 다양하게 변주된 미래의 역사를 갖고 왔고, 그중 어느 것도 조선엔 유리하지 않았다. 나라는 멸망할 것이다. 언어와 사회는 변화할 것이다. 하지만 시간인과 협조한다면, 이들을 막지 못한다고 하더라도 보다 덜 고통스러운 길을 갈 수 있을지도 모른다. 그 끝에 우리를 모두 잡아먹는 기계신이 있다고 해도.

 이상한 기계 짐승들이 들끓는 작은 정류장이었던 우리 마을과는 달리 싱가포르엔 이미 시간인들의 정착촌이 들어서 있었다. 그들은 미래의 기계를 만드는 공장과 영화관을 세웠다. 이번에 저들이 타고 온 배도 미래 기술로 만든 전기선이었다. 속도는 최신식 서양 증기선과 비슷한 정도였지만 그들은 석탄을 혐오했다.

 그들은 전기선으로 싣고 온 버스를 타고 마을을 찾아왔다. 내가 영화나 드라마에서 본 버스와는 모양이 달랐다. 고무 타이어가 달린 작은 바퀴 네 개 대신 옆으로 넓은 커다란 금속 바퀴 여섯 개가 밑에 달려 있었다. 성초의 설명에 따르면 조선의 비포장도로에는 저런 바퀴가 더 잘 어울린다고 했다.

 나는 성초, 지호, 베르다넬리 남매와 함께 마을 사람들 뒤에서 그들의 도착을 구경했다. 마을 사람들은 시간인의 옷을 입고 시간인들과 어울리며 시간인의 언어를 쓰기 시작한 나를 못 본 척했다. 모두들 나에게 어떤 일이 일어났는지 알았지만, 그에 대해 고민하는 건 귀찮은 일이었다. 무슨 상관이야? 지금 저 애는 살아 있잖아. 그것도 시간인들과 어울리며 호강하면서.

버스 문이 열렸다. 한양에서 온 관리 네 명과 현감이 먼저 내렸고 시간인들이 뒤를 이었다. 여자 네 명에 남자 셋이었다. 처음엔 구별이 좀 어려웠다. 모두 수염이 없었고 머리가 짧았으며 비슷한 옷을 입고 있었기 때문에. 그래도 모두 동양인처럼 보였다. 우리보다 키가 좀 컸을 뿐.

마지막 시간인이 내리자, 갑자기 지호가 소리를 지르며 뛰쳐나갔다. 잠시 어리둥절하던 성초도 사정을 알아차렸는지 같이 달려 나갔다. 나와 베르다넬리 남매는 영문도 모른 채 우두커니 서 있다가 그들의 뒤를 따랐다.

두 사람은 마지막으로 버스에서 내린 키 큰 시간인 여자 앞에 모여 있었다. 지호는 여자의 몸을 더듬으며 뭐라고 소리치고 있었고 성초는 여자의 손을 잡고 울먹이고 있었다. 그제야 나는 일이 어떻게 돌아가고 있는지 눈치챘다. 키 큰 여자는 지호와 굉장히 닮아 있었다. 언니나 동생이었다. 언니인 거 같았다. 주름살 하나 없는 깨끗하고 맑은 피부는 더 어려 보였지만 연장자의 느낌이 났다. 실제로 나이가 많거나, 그렇지 않더라도 두 사람에게 연장자인 사람이다. 시간인과 오래 살다 보니 이런 논리가 나에게도 자연스러웠다.

성초가 우리에게 키 큰 사람을 소개했다. 이름은 지휴라고 했고 예상했던 대로 지호의 세 살 위 언니였다. 지호처럼 과학자였고 같은 팀에서 불가사리를 연구했으며 동생이 죽었을 때 현장에 있었다. 그들이 온 역사에서 불가사리 습격은 대재난이었고 수많은 사람이 과거를 바꾸려 시도했다. 하지만 그들은 과거를 바꾼 게 아니라 또 다른 시간선을 창조했을 뿐이었다. 정신이 온전치 못하지만 아직 살아 있는 지호도 누군가가 만든 시간선 창조의 결과물이었다. 지휴는 지호가 살아남는 시간선에는 가본 적이 없었다고, 죽은 동생을 만난 건 그 이후로 처음이라고 말했다.

우리는 시간인의 마을로 향했다. 마을이라고는 했지만, 마을 바깥에 군데군데 있는 다섯 채의 집과 발전소가 전부였다. 1년 이상 머무는 사람들은 지호와 성초뿐이었고, 지금 다른 집은 비어 있었다. 베르다넬리 남매의 텐트는 그들이 네크로폴리스라고 부르는 불가사리의 영토와 조금 더 가까운 곳에 세워져 있었다. 남매는 자기 이야기를 이해할 수 있는 새로운 사람을 만나 신이 났는지 신나게 떠들어댔다.

 소외된 느낌이 든 나는 조금 떨어져서 저들 뒤를 따라 걸었다. 마을 사람들에게는 죽은 사람 취급을 받고, 아직 미래 조선말과 영어에도 서툴러 번역기 없이는 이야기를 따라잡을 수 없는 나는 저들 사이에서 아무것도 아닌 존재였다. 나는 나의 미래에 대해 생각했다. 열심히 공부해서 시간인 세계의 지식을 습득하고 시간여행 장치를 이식받아 시간인이 되는 것이 나의 유일한 목표였다. 하지만 목표는 하나의 미래가 있을 때 의미가 있다. 끊임없이 그들이 만든 수많은 과거로 돌아가는 시간인의 세계에서 미래는 무슨 의미가 있을까?

 손님들이 집에 도착하자 나는 최대한 투명 인간처럼 굴었다. 그들에게 과자와 차를 대접했고 굳이 하지 않아도 되는 잡일을 하려고 부엌으로 후퇴했다. 한양에서 온 관리가 나에게 몇 가지 질문을 던졌지만 될 수 있는 한 말을 아꼈다. 그들이 불가사리를 보러 떠났을 때 나는 집에 남았다. 미래의 조선말로 된 영어책을 읽으며 문법을 암기했고 조선말 자막이 달린 영화를 보았다. 영화 속 사람들의 영어와 자막의 미래 조선말, 통역기를 통해 들어오는 조선말이 섞여 내가 무얼 보는지도 알 수 없었다. 전쟁 중에 기억상실증에 걸린 남자 이야기였는데, 난 당시 기억상실이 무엇인지도 잘 몰랐다. 그리고 자기가 누군지 모르는 사람치곤 그 남자는 너무 멀쩡해 보였다.

손님들은 자정이 넘어서야 돌아갔다. 처음엔 반가움에 젖어 있던 성초와 지호의 얼굴은 이상하게 차분했고 우울해 보였다. 나는 두 사람이 대화를 나누게 내버려두고 침실로 들어가 잠을 청했다.

다음 날 아침, 우리는 언제나처럼 투명 외투를 입고 산책에 나섰다. 지호는 언제나처럼 중간에 외투를 벗어 던지고 불가사리들 속으로 사라졌고 성초와 나만이 남았다. 우린 튀어나온 바위 위에 앉아 지호가 추는 어색한 춤을 구경했다.

"저들은 불가사리를 퇴치하고 싶어 해요."

성초가 입을 열었다.

"왜요?"

내가 물었다. 말하고 나니 이상하게 들렸다. 저들이 불가사리를 좋아해야 할 이유가 어디에 있는가? 어디서 굴러왔는지도 모르는 위험하고 못생긴 짐승들이 아니던가? 나 역시 그들을 좋아하지 않았다. 지호와 성초가 품은 이상한 애정을 습관처럼 따랐을 뿐이다.

"인류의 위협이 된다고 생각해요."

성초가 대답했다.

"이해는 가요. 불가사리와의 전쟁은 끔찍했어요. 저도 그 때문에 종종 악몽을 꿔요. 저 사람들이 불가사리를 싫어한다고 뭐랄 수는 없어요. 위험하다고 생각하는 것도, 잠재적인 습격에 대비해야 한다고 생각하는 것도 이해가 가요. 특히 지휴는 그 때문에 가족 모두를 잃었으니까요. 지호를 포함해서.

하지만 저들은 이제 다른 이유로 불가사리들을 두려워하고 있어요. 인간과 기계신의 경계에서 태어난 괴물들이기 때문에 인간의 순수성을 해치고 기계신과 인간들을 연결하는 통로가 될지도 모른대요. 불가사리 중 일부는 진짜로 진화 과정 중 인간을 닮아가고 있대요. 지휴는 지네 몸을 거의 벗어던지고 거의 인간처럼 보이는 불가사리도 보았대요. 단지 우리보다 키가 훨씬 크고 피부가 금속성이고 꼬리가 달려 있었대요. 이 모습은 악마를 닮았지요. 몇몇 사람들은 자기 종교의 세계관에 불가사리와 기계신을 대입하고 있어요.

이건 옳지 않아요. 전쟁은 아직 준비되지 않는 두 종족 사이에서 벌어진 사고였어요. 이 마을에서 일어났던 일은 끔찍했지만 정당방위였고요. 이후론 그런 일이 없었잖아요. 불가사리들은 빨리 진화하고 있고 지호를 통해 대화의 가능성도 열렸어요. 우린 이 가능성을 최대한 넓혀야 해요. 그리고 만약 불가사리들이 우리와 가까워지고 우리와 섞일 가능성이 있다면 그것이 과연 거부해야 할 일일까요? 도대체 순수한 인간이 뭔가요? 왜 우리가 그런 게 되어야 하는데요? 더 이상 인간은 지구의 지배 종족도 아니잖아요.

지휴를 설득하려 했지만 실패했어요. 지호는 실망이 커요. 언니가 설득되지 않아서이기도 하지만 무엇보다 자기를 진짜 동생으로 인정해 주지 않으니까요. 지휴에게 지호는 죽었어요. 불가사리에 감염된 지호는 동생 비슷하지만 동생이 아닌 무언가지요. 사람이 착해서 직접 입으로 말하지는 않았지만, 저와 지호 모두 그 혐오감을 느꼈어요.

2주 뒤에 군대가 마을에 와요. 조선 정부에서는 독립을 지원받는다는 조건으로 시간인 군대가 들어오는 걸 승인했어요. 지호와 저는 어떻게든 불가사리들을 설득해 다른 시간대로 달아날 생각이에요. 불가사리들과 대화가 얼마나 가능한지도 모르겠고 다른 시간대로 간다고 해서 군대가 쫓아오지 않을 리도 없지만.

우린 괜찮아요. 하지만 말순 씨가 문제예요. 이 마을에 저희 없이 머무는 건 어렵겠지요. 시간인들은 내일 떠나는데, 제가 지휴에게 말해서 말순 씨를 데려가 달라고 부탁할 수 있어요. 들어줄 거예요. 착한 사람이니까요…… 그리고……."

나는 고개를 저었다.

"왜 제가 그 사람들을 따라갈 거라고 생각하세요? 우리는 친구가 아니었나요?"

4.

일주일 전 나는 장엄한 드라마와 액션으로 가득한 챕터를 하나 썼다 지웠다. 기원전 2432년의 한양을 배경으로 한 그 이야기에서 나와 지호, 성초는 불가사리를 공격하는 시간인 군대에 쫓기고 있었다. 성초가 불가사리들과 새로운 시간 터널을 만들기 위해 애쓰는 동안 지호와 나는 군대를 따돌리기 위해 한강 변을 달렸다. 정확히 말하면 우리는 불가사리를 타고 달렸다. 불가사리 중 일부는 스스로 자기 몸을 말과 비슷한 모습으로 변화시켜 우리를 태웠다.

음모, 전략, 액션, 반전, 아슬아슬한 탈출이 이어졌다. 나는 이 이야기가 썩 재미있었다고 생각한다. 난 인간성의 순수함을 추구하는 것이 얼마나 무의미한가에 대한 연설을 써서 뒤에 붙였는데, 그걸 지운 건 좀 아쉽다. 내가 정말 그런 연설을 했던 건 아니다. 하지만 탈출 이후 며칠 뒤에 생각이 났고, 그 연설을 마지막 액션 뒤에 붙이면 진짜로 멋있을 것 같았다. 어차피 이야기꾼은 나고, 아무도 그 자잘한 디테일에는 신경을 안 쓸 테니까.

사실과 거리가 멀어서 그 챕터를 지운 건 아니다. 약간의 과장이 있었지만, 앞의 세 챕터보다 특별히 더 지어낸 이야기가 많지는 않았다. 나는 앞부분도 최대한 내가 기억하는 사실에 맞추어 썼다. 단지 쓰고 나니 내가 훨씬 시간인처럼 말하고 생각한 것처럼 보이긴 한다. 그건 어쩔 수 없는 일이다. 당시 나의 사고방식과 언어를 그대로 재현했다면 글이 세 배 정도는 길어졌을 테니까. 이 이야기에서 중요한 건 나의 서투름과 둔함이 아니다.

여전히 나는 한강 전투에서 내가 얼마나 멋졌는지 자랑하고 싶다. 창 한 자루(끝에 전자기 펄스 무기가 달려 있긴 했다)를 쥐고 수십 대의 전투 드론에게 달려들던 지호의 어처구니없이 장엄한 만용에 대해서도 기록하고 싶다. 무엇보다 나는 그동안 우리가 지호를 통해 불가사리와 얼마나 의미 있는 소통이 가능해졌는지도 여러분에게 들려주고 싶다.

하지만 쓰고 나니 이 모든 사실을 기록하는 것이 조금씩 기만일 수밖에 없다는 생각이 들었다. 불가사리의 탈출기는 시간여행의 허브였다. 과거와 미래의 수많은 시간인들과 불가사리들이 개입했고 수많은 시간선이 만들어졌다. 그 와중에 수많은 나와 성초와 지호와 불가사리들이 만들어졌다. 누군가는 죽었고 누군가는 살아서 다른 시간대의 죽은 사람 자리를 물려받았다. 지금 나와 함께 있는 성초와 지호는 모두 내가 처음 만났던 사람들과 조금씩 다른 사람들이다. 성초는 내 품에서 죽었고 지호는 실종되었다. 나도 수없이 죽었을 거라 생각한다. 지금 이 글을 쓰는 내가 그 뒤로 15년이나 더 살 수 있었던 것은 내가 특별히 멋있고 능력 있었기 때문이 아니라 순전히 운이 좋았기 때문이다. 수많은 이야기가 있고 내가 겪은 일들은 그중 극히 일부에 불과하다. 3차원의 역사에 끼인 가느다란 실과 같달까.

나는 이 수많은 이야기 속에서 시간여행의 아이러니를 발견한다. 지휴가 보았다던 인간과 비슷한 모습의 불가사리를 기억하는가? 불가사리들은 우리와 함께 시간인에게 쫓기는 동안 그런 모습으로 변화했다. 인간의 도구를 쓰고 인간과 닮아 보이는 것이 도주에 유리했기 때문에. 그리고 처음 공격에서 살아남은 불가사리들은 지호를 통해 우리와 의사소통이 가능해 우리의 도움을 받을 수 있었던 무리였다. 그러니까 불가사리가 점점 인간과 가까워질 거로 생각해 그들을 공격한 시간인들이 인간과 몸과 정신이 비슷한 불가사리들을 만든 것이다. 단지 지휴가 본 게 우리의 불가사리들이었는지는 잘 모르겠다. 그럴 수도 있고 그렇지 않을 수도 있겠지. 불가사리들이 인간과 비슷한 모습으로 진화할 수 있었던 기회는 그 이외에도 많았을 테니까. 단지 그들도 우리 불가사리와 비슷한 과정을 거쳤으리라.

지호와 성초는 그렇다고 쳐도 나는 왜 이 기계 짐승들에게 일생을 바치기로 결정했던 걸까? 그건 내 대책 없는 로맨티시즘 때문이었으리라. 이런 말을 내가 직접 하는 건 쑥스럽지만 나는 언제나 불가능에 도전하는 거대한 삶을 꿈꾸었다. 시간인의 우주가 아무리 우리 개별 삶의 중요성을 위축시킨다고 해도 나는 그에 맞서고 싶었다. 죽은 화가도 언젠가 자신이 내게 끌렸던 이유가 마을의 다른 여자들과 다른 그 특성 때문이라고 말한 적 있다. 아니, 솔직히 말해 그 인간은 "너는 서양 여자 같아"라고 말했었다. 하지만 그게 그거지.

마지막으로 내가 고른 이름에 관해 이야기하기로 하자. 몇 가지 이유로 나는 나를 포함한 모든 사람에게 가명을 지어주어야 했다. 지호와 성초라는 이름은 《돈키호테》에서 골랐다. 돈키호테와 산초 판사. 여러분이 사는 시간선에도 미겔 세르반테스의 이 명작이 있는지 모르겠다. 세르반테스가 태어나지 않았다고 해도 시간인들의 도서관 대부분엔 포함되어 있으니 읽은 이들도 많을 것이고 내가 왜 이런 이름을 붙였는지 눈치챘을 거로 생각한다. 어쩌다 보니 돈키호테보다 산초 판사의 비중이 더 큰 이야기가 되어버렸지만, 여러분은 산초 판사의 입장도 들어보고 싶지 않았나?

  그렇다면 내 이름 말순은? 나는 당시 딸부잣집 막내딸들이 달고 다니던 천박하고 모욕적인 이름을 갖고 있었고 그 이름은 말순과 크게 다르지 않았다. 나는 그 이름을 별생각 없이 골랐다. 하지만 이 글을 읽던 성초는 이 이름을 역시 《돈키호테》에 나오는 마르셀리나에서 따온 것이 아니냐고 진지하게 물었고 나는 잠시 기분이 좋아졌다. 비록 이 이야기에 나오는 나는 세르반테스가 창작한 전설적인 양치기 여인처럼 당당하지도, 위엄 넘치지도 않지만, 15년을 함께 보내 나를 알 만큼 아는 친구가 그렇게 보았다면 감동하지 않을 수 없다.

파란 캐리어 안에 든 것

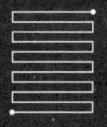

1.

여의도는 시위하러 나온 군중으로 가득 차 있었다. 부푼 겨울옷을 입고 통조림 안의 생선처럼 빽빽하게 붙어 느릿느릿 걸어가고 있는 사람들 사이에서 나는 별로 눈에 뜨이지도 않았다. 아무도 내가 시공간의 틈에서 은근슬쩍 기어 나온 괴물 같은 존재라는 사실을 눈치채지 못했다.

나는 보호복의 열선을 켜고 콧구멍으로 들어오는 차가운 공기를 들이마시며 왼쪽 시야 구석에 반투명하게 떠오른 모니터 화면을 확인했다. 여화공주余華公主가 남긴 초록색 흔적이 지그재그로 이어져 있었다. 아직 이 섬을 떠난 거 같지는 않았다. 하지만 어떻게 여기서 빠져나오지? 나로서는 내가 섞인 무리의 흐름을 따라 느릿느릿 걸어가는 수밖에 없었다. 앞 사람이 들고 있는 깃발을 올려다보았다. '전국 고등어 태비 고양이 연합'. 동물권 시위인가? 아니, 한국 사람들이 그런 일 때문에 이렇게 모였을 리가 없어.

무선 네트워크를 열고 정보를 검색하려 했지만 버벅거렸다. 이 시대 기술로는 좁은 섬 안에서 휴대용 통신기기로 정보 검색을 하고 있는 수십만 명을 감당할 수 없는 모양이었다. 성난 얼굴의 중년 남자 한 명이 나에게 '내란수괴 척결하라'라고 쓰인 빨간색 종이를 내밀었다. 받아 든 종이를 쳐들고 주변을 둘러보았다. 정말 온갖 종류의 사람들이 다 모여 있었다. 젊은 여자들 상당수는 반짝이는 플라스틱 응원봉을 들고 있었고 젊은 남자들은 상대적으로 드물었다.

"안전사고에 유의하십시오! 안전사고에 유의하십시오! 길을 열어주세요!"

절실하게 들리는 여자 목소리가 마이크를 통해 울려 퍼졌다. 나는 '이것이 반페미니스트 대통령의 종말이다' 종이를 든 무리와 '응원봉을 든 오타쿠 시민연대' 깃발 사이에 난 틈을 발견하고 들어갔지만, 곧 다시 막혀버렸다. 날은 어두워졌고 봉들은 빛을 발했으며 보이지 않는 저 앞에 있는 연사가 국회의원으로 추정되는 사람들의 이름을 하나씩 외치고 있었다.

간신히 그럭저럭 걸을 만한 여유가 있는 길로 빠져나왔다. 그와 함께 무선 네트워크로 정보들이 느릿느릿 들어왔다. 대충 이 시간선의 분위기를 알 수 있었지만 내가 참견할 일은 아니었다. 나는 이제 거의 보이지도 않는 초록색 빛을 따라 공원과 버스정류장을 가로질렀다. 다른 시간 타래에선 공원이 광장이었는데.

빛의 길은 허름한 15층 건물에서 끝나 있었다. 1층의 식당들은 시위에서 빠져나온 사람들로 분주했지만, 복도는 비교적 한산했다. 엘리베이터의 버튼을 확인했다. 13층 버튼에 희미한 초록색이 남아 있었다.

13층은 모두 공실이었다. 텅 빈 복도 끝 왼쪽 빈 사무실 옆 벽에 '생성형 AI로 저자가 되어 경제적 자유를 얻으세요'라고 쓰인 현수막이 걸려 있었다. 문은 살짝 열려 있었고 안에서 희미한 기침 소리가 들렸다. 나는 총을 꺼내 들었다. 은장식이 붙은 옥팔찌처럼 보여 대부분 시간선에서는 아무 의심도 안 사는 물건이다.

갑자기 문이 열리며 키 크고 뚱뚱한 남자가 피투성이 왼팔을 잡고 휘청거리며 튀어나왔다. 남자는 나를 보자 멀쩡한 오른손을 흔들며 외쳤다.

"살려줘! 달아나……."

외침은 중간에 끊어져 버렸다. 가는 두 눈이 내 총에 멎었다. 그 자리에 우두커니 선 남자는 슬슬 뒷걸음질을 쳤다. 내가 쥐고 있는 게 총이라는 걸 알고 있는 표정이었다.

뒤에서 찰칵하는 소리가 났다. 남자는 배터리가 떨어진 로봇 인형처럼 바닥에 자빠졌다. 뒤통수엔 망치로 내려친 것 같은 움푹한 구멍이 나 있었다.

여화공주가 총을 들고 문 옆에 서 있었다.

"도대체 뭐 하는 짓이야?"

내가 말했다.

공주는 호텔 직원처럼 상체를 가볍게 숙이며 두 손으로 사무실 안을 가리켰다. 나는 안으로 들어갔다. 남자 여섯 명이 얼굴과 뒤통수가 뭉개진 채 쓰러져 있었다. 한 명은 꿈틀거리며 신음하고 있었지만 오래 버틸 가능성은 없어 보였다.

사무실 끝에는 조립식 타원형 무대가 놓여 있었고 젊은 여자 한 명이 위에 누워 있었다. 여자의 머리 옆에는 응원봉 하나가 초록색으로 반짝이며 뒹굴고 있었다. 나는 달려가 결박을 풀고 상체를 일으켰다. 크게 뜨인 눈은 공허하고 영혼이 느껴지지 않았다. 내 나이 또래로 보였지만 실제로는 태어난 지 7,000일이 간신히 되는 나보다 3,000일은 더 살았을 게 분명했다. 남자들은 잘 모르겠는데, 이곳 여자들은 실제 나이보다 어려 보였다. 하긴 우리가 온 곳에선 모두 고생이 심했다. 그렇게 먹은 나이는 피부 관리를 받는다고 사라지지 않는다.

나는 총을 왼손 검지에 걸고 빙빙 돌리며 웃고 있는 공주와 여자를 번갈아 보다 한숨을 내쉬고 여자를 일으켜 세웠다. 엘리베이터로 1층에 같이 내려간 나는 남자들이 가장 적은 대기 좌석에 그 사람을 앉힌 뒤 손에 봉을 쥐여주었다. 공주가 나쁜 기억을 다 지웠길 바랄 뿐이었다.

공주는 여전히 13층에서 나를 기다리고 있었다. 살아 있는 남자는 힘없는 손을 공주의 발목 쪽으로 내밀고 있었는데 도대체 뭘 하려는 건지는 알 수 없었다.

"그렇게 사람을 막 죽이지 말랬지! 네가 도대체 뭔데!"

내가 외쳤다.

공주는 어이가 없다는 듯 픽 소리를 냈다.

"동료 백성들이 미치광이 왕을 몰아내려고 나서는 동안 저것들은 아까 그 여자를 집단 강간하려고 했다. 내가 그걸 보고만 있어야 했을까? 넌 저것들이 살아 있는 게 낫다고 생각하나?"

으, 저 재수 없는 말투. 공주는 시간인 표준 한국어를 딱 의사소통을 할 정도로만 했다. 엄청난 독서광이니 분명 하려고 하면 더 잘할 수 있을 텐데 굳이 그럴 생각이 없는 거다.

"왕이 아니야. 대통령이야. 여긴 공화국이라고."

"왕처럼 말하고 행동한다면 왕이다. 지도자가 왕처럼 군림할 수 있다면 공화정이 왕정과 다를 게 뭔가."

"인민이 막을 거야. 분명 막을 수 있는 절차가 있을 거야."

"그래? 하지만 아까 탄핵안이 폐기되었다는데? 이게 네가 말한 공화정의 절차가 아닌…… 어딜 만지느냐, 이 더러운 짐승 새끼야!"

공주는 아직도 밑에서 꿈틀거리고 있는 남자의 배를 걷어차고 목을 짓밟았다.

할 말이 없었다. 어차피 난 이 시간선에 온 지 한 시간도 안 됐다. 어쩌다가 대통령 탄핵 시위가 일어났는지도 몰랐고 대통령이라는 남자의 얼굴도, 이름도 낯설었다. 하지만 여기 사람들은 도대체 학습 능력이라는 게 없나? 사진만 봐도 얼굴에 인민의 적이라고 딱 써 붙인 것처럼 보이는 놈을 어떻게 뽑지?

중요한 건 그게 아니었다. 공주가 성폭행당하는 여자를 구출하러 굳이 이 시간선에 행차했을 리가 없다. 일단 정보를 얻을 수 없을 테니까. 그렇다면 저 운 나쁜 여자는 어쩌다 보니 우연히 공주와 길이 겹쳤던 거고. 그 남자들이 공주와 여자를 헷갈렸을 리가 없다. 그렇다면 다른 누군가를 인질로 잡거나 해서 공주를 여기로 불렀다는 건데…….

"화옥花玉은? 화옥은 어디 있어?"

공주의 낯빛이 어두워졌다. 아니다, 원래부터 그 표정이었는데, 드디어 내가 그걸 읽은 거다.

"모르겠다. 여기서 만난다고 했었다. 우상봉偶像棒을 들고 1층에서 기다리고 있겠다고 했다."

상황이 이해가 됐다. 둘 사이의 통신을 도청한 적들이 변장용 가면을 쓴 화옥을 구별하는 방법은 아이돌 응원봉뿐이었을 것이다. 그런데 하필이면 시위에서 빠져나와 여의도를 방황하는 수많은 여자가 비슷비슷한 아이돌 응원봉을 들고 있었다.

나는 바닥에 흩어져 있는 남자들을 내려다보았다. 시간인 같아 보이지 않았다. 돈만 주면 뭐든지 할 거 같은 원주민 잡범들을 고용했겠지. 아마 무슨 일 때문에 고용되었는지도 잘 몰랐을 거야.

내가 시체들을 하나씩 안쪽 방에 몰아넣는 동안 공주는 우두커니 서서 천장을 노려보고 있었다. 뭐 하는지는 알고 있었지만, 몸 쓰는 일을 피하는 왕족을 참고 볼 수가 없었다. 나는 아직도 끙끙거리며 문을 향해 기어가는 남자를 턱으로 가리켰다.

"처리해."

"아까는 사람을 죽이지 말라고 하지 않았나."

"네가 저지른 일을 마무리 지으라고, 이 여자야!"

공주는 어깨를 으쓱하더니 주머니에서 총을 꺼내 남자의 뒤통수에 두 발을 쏘았다. 나는 새로 생긴 사체를 안쪽 방에 마저 집어넣고 전자자물쇠의 비밀번호를 바꾸었다.

"화옥의 존재가 감지되지 않는다."

공주가 말했다.

"다른 시간대로 갔을까?"

"그 애는 시간여행기가 고장 났다. 혼자 다른 곳으로 갈 수는 없다."

"납치되었다면 범인들이 우리에게 알렸을 거고."

"그렇다. 숨어 있는 거야."

화옥을 버려두고 갈 수는 없다. 잽싸게 두 사람만 챙겨 이 난장판을 뜨려던 계획은 산산조각 났다. 빙하기 끄트머리 서해 구릉에 있는 내 작은 집이, 가끔 내 정원을 찾아오는 늑대 무리가 벌써부터 그리웠다.

아, 정말 인간들이 싫어.

2.

세상이 정상적으로 돌아갔다면 여화공주와 나는 처음부터 엮일 팔자가 아니었다. 공주는 서기 1004년생, 나는 서기 1502년생이니 나이 차가 거의 500년이 난다(내가 기준으로 삼은 서기도 시간선에 따라 거의 10년까지 차이가 나는 경우도 있지만, 이야기가 너무 복잡해지니 오늘은 그냥 넘긴다). 공주는 고려 일곱 번째 왕의 세 딸 중 막내인데, 그 왕이라는 인간은 내 시간선으로 이어지는 사람은 당연히 아니었고 우리 엄마가 그 남자 머리에 총알 두 개를 박아 왕조 자체를 끝장냈으니 당연히 묘호 같은 것도 없었다. 엄마의 살인은 정당화되었다. 일단 우린 고려군 전체를 단숨에 무력화할 수 있는 드론 부대를 갖고 있었고 원래 자기 딸들 침대로 기어들어 가는 애비는 죽어도 싸다는 게 상식이었으니까. 적어도 내가 거친 시간선들에선 대부분 그랬다.

시간 제국주의라고들 했다. 첨단 무기로 무장하고 기술적으로 뒤진 시대의 사람들을 정복하는 행위였으니 정확한 기술이다. 하지만 엄마와 엄마를 따르던 사람들은 그걸 당연히 해방이라고 생각했다. 스스로를 노비군이라고 부르는 사람들은 자신이 탄압자일 수도 있다는 생각을 잘 못한다. 그리고 그건 우리가 정복한 사람들도 마찬가지였다. 엄마는 단 5년 만에 고려 전체의 의식주 문제를 해결했다. 아무리 가난한 사람이라고 해도 겨울에 따뜻하게 있고 굶지 않아도 된다는 건 거의 기적과 같았다.

물론 그런 세계를 유지하는 건 다른 전문가들의 몫이었다.

엄마의 목표는 최대한 많은 곳에 노비군을 파견해 인민이 주인인 공화국들을 건설하는 것이었다. 수많은 시간선과 시대에 건설된 영토들이 시간 통로들을 통해 연결되었고 엄마 생전에 아프리카 대륙 넓이의 두 배가 넘는 제국이 건설되었다. 엄마가 노비군을 이끈 건 22년 정도밖에 안 되었지만 시간여행자들에겐 늘 여분 시간이 있기 마련이다. 실제로 엄마가 직접 관리한 역사의 폭은 3세기가 넘었다. 엄마가 죽은 뒤로 노비군의 리더 자리는 다른 사람에게로 넘어갔지만 그렇다고 엄마가 완전히 사라진 것도 아니었다. 일단 나의 엄마보다 오래 살아남은 다른 시간선의 엄마들이 있었으니까.

엄마는 내 친엄마가 아니다. 난 내 친엄마가 누군지 모른다. 그런 사람이 나에게 있다는 사실 자체가 어색하다. 노비군 여자들이 강원도 산동네 어딘가에서 주워 온 아기였던 나는 시간인들이 만든 인공 젖을 먹고 자랐다. 그런 아이들이 당시 노비군 진영에 100명 가까이 되었다. 우리는 모두 혁명의 열기를 들이마시며 살았고 노비군을 제외한 모든 걸 하찮게 여겼다.

그 열광은 엄마가 죽은 뒤에 꺼져갔다. 보통 그런 시기는 10,000일 정도 살아야 찾아온다는데 나에겐 그게 좀 일찍 왔다. 전우들이 제국의 시공간을 넓히려고 변경에 나가 있는 동안 나는 휴식처를 찾았다. 서해 구릉에 있는 내 집이 그곳이었다. 몇천 년 뒤에 바다가 될 곳이라 제국은 거길 건드리지 않았다.

그렇다고 내가 놀고먹고만 있는 건 아니다. 나에게 일과 공부를 하지 않는다는 것은 시체가 된다는 것과 마찬가지다. 제국은 꾸준히 나를 소환한다. 대부분 '잔가지'를 치는 일이다. 내 나이 또래의 애들을 그런 일에 투여하다니 어이가 없지만 다시 생각해 보면 나처럼 거기에 어울리는 사람도 드물다. 어딜 가도 무해해 보이는 여자아이인 나는 표적에 능숙하게 접근했다가 목적을 달성하고 시치미 뚝 떼고 빠져나올 수 있다.

더 품위 있는 일도 있는데, 제국이 멸망시킨 왕국들의 왕족을 관리하는 일이다. 나는 주로 공주들과 엮인다. 신라 두 명, 백제 한 명, 고려 두 명. 왜 다들 내가 왕족들과 잘 어울릴 거라고 생각하는지 모르겠다. 나는 체질상 왕족들이 싫다. 물려받은 부계 유전자가 대단한 뭐라도 되는 줄 아는 인간들. 아니, '물려받았다고 생각하는'이 더 정확하겠지. 왕족 여자들의 방탕함은 늘 예상을 앞지른다.

그래도 내가 관리하는 공주들은 대부분 나랑 그럭저럭 맞는 편이다. 예의 바르고, 똑똑하고, 조금 겁에 질렸고. 자기가 제국에서 어떤 도구로 쓰이는지 잘 알고 그 기대에서 벗어나지 않는 사람들이다. 단 한 사람. 내 앞에서 에밀리 포스트도 경탄하게 할 만큼 우아한 동작으로 전복구이를 입으로 가져가고 있는 저 여화공주만 빼고.

"도대체 내가 무엇을 잘못했는가? 나는 네가 가르친 제국의 신념에 충실하다. 신분제에 반대하고 계몽의 정신을 옹호하며 나 자신의 가치를 증명하기 위해 최선을 다한다. 네가 관리하는 다른 공주들과는 달라."

공주는 전복을 삼키고 말했다.

"다른 공주처럼 굴면 좋지 않아?"

나는 신음했다.

"신분은 인간의 가치와 아무 상관이 없다고 하지 않았느냐. 왜 나에게 공주의 일을 시키려 하느냐. 그리고 그 일은 이미 언니들이 하고 있다."

내 탓이오, 내 탓이오, 내 큰 탓이로소이다. 여화공주에게 공주 일에 만족하지 말고 너 자신을 찾으라고 꼬드겼던 건 바로 1,000일 전 나였다. 공주 하나를 자립적인 인간으로 만들면 내 일이 조금 줄어들 줄 알았다.

"넌 여전히 공주처럼 굴고 있어. 네 신분과 명성을 이용해서 제국의 자산을 멋대로 끌어다 쓰고 있잖아."

공주가 내 말에 답하기 전에 달팽이 구이가 나왔다. 요리를 보나, 창밖에 보이는 경관을 보나, 암만 봐도 여기는 이 시간선에 온 지 이틀도 안 되는 사람이 예약할 수 있는 곳이 아니었다.

"화옥이 예약했어?"

내가 물었다.

"맞다. 유명한 곳이라고 했다. 여기 요리사가 무슨 텔레비전 프로그램에 나왔다나. 색깔로 나뉜 두 무리의 요리사들이 기예를 겨루는 내용이라고 했다."

"걔는 언제 왔는데."

"사흘 전에 헤어졌지만 여기 시간선에는 두 달 넘게 있었을 것이다."

화옥의 흔적이 내 센서에 잡히지 않는 게 설명이 됐다. 하지만 걔는 여기서 뭐 하고 있었던 거지. 이 시간선 타래의 2024년은 우리가 건드릴 수 있는 곳이 아니다. 세계화되어 있고 기술적으로 나름 발전되어 있으며 곧 인류를 집어삼킬 거대 AI의 탄생이 코앞이다. 테크 거부나 독재자 몇 명을 납치하거나 죽여서 역사를 흔들면 잠시 재미있겠지만 그렇다고 얼마 남지 않은 인류 역사를 완전히 바꿀 수 있는 정도는 아니다. 관광용으로 크게 나쁘지 않지만, 화옥은 그런 거에 별 관심이 없다. 적어도 내가 아는 화옥은.

일이 틀어지지 않았다면 화옥의 몫이었을 바닷가재 구이와 셔벗을 먹으며 나는 그 애를 마지막으로 만났던 때를 생각했다. 내 시간으로 70일쯤 전이었고 여기서 좀 벗어난 시간 타래의 시간선 1979년 말이었다. 거기 대통령이 정권 연장을 위해 마산 시민을 900명 넘게 학살했고 군대는 다음 희생자를 찾아 부산으로 내려가고 있었다. 우리가 타고 있던 열차는 대전역을 향해 달려가고 있었다. 겁에 질린 다른 승객들은 속닥거리며 남쪽에서 벌어지는 사건들에 대한 루머를 주고받고 있었다. 그런 일이 일어나고 있다는 사실 자체를 믿지 않는 사람들이 3분의 1, 모두 북한에서 온 무장 공비 소행이라고 주장하는 사람들이 3분의 1이었다. 아무리 나라 꼴이 말이 아니라고 해도 그렇지, 우리나라 군대가 그런 짓을 저지를 리가 없잖아.

그 시간선 자체는 여기와 마찬가지로 제국에게 아무 의미가 없다. 제국은 최소한 5,000일은 버틸 수 있는 과학연구용 통로들을 만들고 있고 어쩌다 보니 통로 하나가 그 시간선을 관통하고 있을 뿐이다. 우리가 생각하는 것보다 시간 타래의 위상기하학적 얽힘이 훨씬 복잡하다는 걸 보여주는 증거들이 나왔고 그게 사실이라면 제국은 우리가 기대했던 것보다 더 멀리 갈 수 있다. 지구와 테이아가 충돌하지 않은 시간선으로 갈 수 있다고 믿는 과학자들도 있을 정도다. 거기서 테이아는 지구가 아닌 다른 행성에 충돌했고 그 결과 태양계는 전혀 다른 모습을 갖게 되었고 지적 생명체는 테이아와 충돌한 다른 행성, 그러니까 화성이나 금성 같은 곳에서 나왔고 거기서 온 시간여행자들이 우리가 방문한 모든 시간선을 오염시키고 있고……

……이야기가 너무 나갔다. 하여간 별별 가능성이 다 있기 때문에, 제국은 우리가 필연적으로 AI에 잠식당하기 전에 인간의 머리로 그것들을 모두 확인해야 한다고 생각했다. 그래서 수많은 통로 건설자가 여기저기 시간선에 파견되었는데, 당연히 이런 작업에는 건설자들을 지원하는 다른 사람들도 뒤따르고, 어쩌다 보니 화옥이 그렇게 파견된 사람들의 리스트에 있었고, 여화공주는 자기 친구를 지키라면서 나를 거기에 보냈던 것이다.

"그 아이는 도대체 왜 거기 갔었는가. 할 일이 있는 것도 아니고."

공주가 투덜거렸다.

"없긴 왜 없어. 한초윤 교수 제자인데."

"더 잘할 수 있는 사람도 많다."

"그렇겠지. 하지만 걔도 할 일이 있어야지. 무엇보다 걔는 이미 어른이야. 우리가 걔를 구조했을 때야 어린 동생 같았지. 지금은 우리 둘 다보다 나이가 많잖아. 나까지 따라갈 일은 아니었어."

"아까는 두려워했다고 하지 않았는가."

"두려워했다기보다는 불안해했어. 우린 그 열차 안에서 안전했어. 터널 입구가 열린 대전에서도 마찬가지였을 거야. 화옥이 그걸 몰랐을 리가 없지. 걔를 불안하게 한 건 노골적인 국가 폭력이 자행되는 동안에도 우리가 어쩔 수 없었다는 사실 자체였던 거 같아. 우리가 직접 개입한 시간선에서는 모든 게 쉬웠지. 야만인들을 제압하고 문명을 도입한다. 하지만 여기나 그 시간선에선 그럴 수가 없잖아."

"방법이 없는 건 아니다."

"나도 너랑 네 군대가 무슨 일을 하고 있는지 알아. 하지만 그게 무슨 소용이 있지? 너희들은 그렇지 않아도 무한하게 갈라질 시간선에 하나를 더 추가할 뿐이야. 그리고 네가 아무리 그 시간선의 며칠 앞으로 가서 같은 장난을 쳐도 그 시간선의 마산과 부산에서 죽어간 사람들을 살릴 수 없어. 그 사람들은 여전히 고통받고 죽은 채로 남아 있어. 그리고 네가 조작해 새로 만든 시간선이 그 뒤로도 제대로 흐를 거라고 어떻게 장담하지? 그 시간선의 악에 책임이 있는 사람들, 그리고 그 사람들이 만든 시스템은 여전히 그대로인데?"

"제국이 하는 일은 내가 하는 일보다 특별히 나은가?"

"제국은 정복한 나라의 시스템을 완전히 붕괴시키지. 원래의 시간 흐름으로 돌아갈 가능성은 작아. 하지만 그러면서 우린 그 세계 사람들이 자신의 역사를 쌓아 올릴 기회를 빼앗고 있지. 그리고 네 말이 맞아. 크게 보면 다를 게 없어. 우린 그냥 게임을 하고 있을 뿐이야. 아무것도 바뀌지 않았어. 정말 아무것도. 우린 미리 만들어진 무한하게 갈라진 미로 속에서 길을 찾는 개미 떼에 불과해. 우리에게 뭔가 힘이 있다고 생각하는 것 자체가 어이가 없어. 정말 미칠 거 같지 않니? 도대체 너랑 나는 여기서 뭘 하는 거지? 저 밑에서 아직도 아이돌 응원봉을 들고 시위하는 사람들을 봐. 다들 역사의 역류에 맞서는 싸움을 하고 있어. 우리에겐 아닐 수 있어도 저 사람들에게 그 싸움은 의미가 있어. 결국 저 사람들이 겪는 역사는 하나뿐이니까. 하지만 우린 뭐야? 우린 여기서 무슨 의미가 있지? 도대체 너랑 내가 여기서 뭐 하고 있는 거냐고."

"우리가 겪는 역사도 하나뿐이다. 다른 시간선을 오갈 수 있다고 해서 우리가 여러 개의 삶을 살 수 있는 건 아니다."

"내 말이 무슨 말인지 알잖아. 저 사람들의 삶은 저 역사 안에서 의미가 있어. 하지만 우리에게 의미를 주는 역사는 뭐지? 너는 제국에 의미가 있다고 생각해? 넌 이런 게임이 지치지 않니?"

"넌 지금과 똑같은 이야기를 그날 화옥에게도 했겠지."

"맞아."

"화옥은 뭐라고 하던가."

"언제나처럼 내 말을 들어줬지. 뭐라고 말을 하긴 했는데, 기억은 안 나. 기억을 해야 할 만큼 특별히 의미가 있는 말도 아니었던 거 같아. 우린 대전역에서 내렸고, 나는 걔를 통로 입구까지 데려다주고 집으로 돌아왔어. 그게 전부야.

자, 이제 네 차례야. 너랑 화옥은 도대체 여기서 뭘 하고 있었던 거야?"

3.

"운암제국雲巖帝國에 대해 얼마나 알고 있나."

공주가 물었다.

"남들이 아는 것만큼. 우리랑 비슷한 시간제국이야. 다섯 번 정도 접촉이 있었어."

"한 달 전에 거기 갔었다."

나는 얼굴을 찌푸렸다. 시간제국들은 다른 제국과 될 수 있는 한 접촉하지 않는다. 제국 사이의 전쟁 같은 건 더더욱 없다. 그런 걸 할 이유가 없다. 이건 단일 역사 속 제로섬 게임이 아니다. 무한의 시공간과 무한의 자원을 두고 굳이 남의 것을 탐낼 필요가 있을까. 하지만 전쟁에는 자원 경쟁 이외의 동기도 있다. 어차피 전쟁 같은 건 안 하겠지만 그래도 한다면 나름 인민 해방의 사명을 갖고 있는 우리 쪽이 시작할 이유가 조금 높다.

운암제국은 우리 제국 사람들이 싫어할 만한 것들로 똘똘 뭉쳐 있는 곳이다. 우리는 억압받는 하층민을 기반으로 시작하지만, 저들은 지배자들의 편을 든다. 전쟁을 위한 전쟁을 좋아하고 학살의 흔적을 남긴다. 그래 봤자 다 시간 제국주의인 건 마찬가지가 아니냐고? 하긴 그렇다. 하지만 우리는 그래도 그 차이를 본다.

운암제국은 17개의 시간선에 북미와 남미 대륙을 다 합친 크기의 영토를 만들었지만, 수명은 짧았다. 75년 정도 버티다가 다들 AI에 잡아먹혔다. 하지만 우리에게 현재와 과거를 구분하는 건 큰 의미가 없다.

"거긴 왜 갔었는데?"

내가 물었다.

"어떻게 멸망하는지 보려고."

"화옥과 같이 갔어?"

"그런 위험한 곳에 왜? 내 친위군 다섯 명과 갔다."

"그래서 거긴 어땠어?"

"처참했다. 도시들은 다 날아가고 폐허라고 할 것도 남아있지 않았다. AI에 감염되기 전에 자폭한 것인지, 아니면 미래에서 온 AI 부대의 습격을 받은 것인지도 알 수 없었다. 후자는 아주 드물게 일어나지만 아주 안 일어나는 일은 아니니까. 너도 알다시피.

바보같이 다들 앉아서 죽었을 리는 없을 거라 생각하고 시간 통로의 흔적을 찾았다. 그리고 조치원 근처에서 아직 어설프게나마 작동하고 있는 통로 입구를 발견했다. 잠시 망설이다 부하 한 명만 데리고 그 안으로 들어갔다.

통로 저편의 세상은 황량했다. 밤이었다. 하늘은 검은 구름으로 덮여 있었고 색깔이 있는 건 존재하지 않았다. 모든 게 검거나 희거나 회색이었다. 하지만 공기는 숨을 쉴 수 있었다. 다른 곳은 여기보다 덜 죽어 있다는 뜻이겠지.

그곳의 황량한 풍경을 이루는 건 자연적인 것 절반, 인공적인 것 절반이었다. 인공적인 것은 대부분은 거대한 해골이나 부러진 짐승의 뼈 같았고 거의 모든 것에 송곳니가 돋아 있었다. 네가 종종 인용하는 그 무서운 이야기 쓰는 작가 이름이 뭐지?"

"이자벨 마르칼?"

"아니, 거기 작가 말고. 이 시간 타래 사람. 생선 싫어하는 인종차별주의자."

"아, 하워드 필립스 러브크래프트?"

"맞아. 그 사람이 상상한 세계 같았다. 무섭게 보이는 것이 유일한 목적인 곳. 나는 오히려 안심이 됐다. 저런 걸 만든 존재와 소통이 가능하다는 뜻이니까. 저런 모양 자체가 대화의 일부다. 자세히 보니 무섭게 보이려고 지나치게 노력하는 거 같아서 오히려 덜 무서웠다. 진짜로 무서운 존재라면 굳이 자신의 무서움을 저렇게 일부러 과시할 필요는 없겠지.

우리는 운암제국 사람들의 흔적을 따라 입을 벌리고 있는 거대한 해골 속으로 들어갔다. 안은 썩은 담쟁이덩굴과 비슷한 것들로 덮여 있었고 발밑 모든 것이 계단이었다. 평평한 길이 존재하지 않는 곳이었다. 그리고 그 안에는 시체들이 하나씩 징검다리처럼 쓰러져 있었다. 대부분 운암제국 병사들이 입는 그 벽돌색 제복 차림이었다. 하지만 맨 안쪽의 구형 공간 안에 있던 시체들은 달랐다. 우리처럼 두 팔과 두 다리가 있지만, 인간은 아닌 어떤 존재들이 가운데에 모여 숯이 되어 있었다. 타버린 살과 근육 밑에 묻힌 검은 뼈가 보였다.

그리고 그 숯 더미 가운데가 비어 있었다. 옆에는 텅 빈 방

열 주머니가 버려져 있었다. 누군가가 시체들을 부수고 주머니를 꺼내 그 안에 있던 무언가를 꺼내 간 거다. 그리고 시체들 너머에 일인용 시간여행기가 남긴 희미한 흔적이 남아 있었다."

"그 무언가가 뭔지는 지금도 모르고?"

"성미도 급해라. 내가 지금 이야기하고 있지 않은가. 운암제국 병사들의 카메라에 그게 잡혔다. 그건 샘소나이트 여행용 캐리어였다. 제품명 인터섹트, 파란색. 이 시간선에서도 판다."

"어떤 일이 일어났는지도 찍혔겠네?"

"개싸움이었다. 두 무리의 운암제국 병사들이 저 가방을 두고 서로에게 총질을 해댔다. 그리고 살아남은 한 명이 캐리어를 몸에 묶고 자기가 막 죽인 장교의 시체에서 뜯어낸 시간여행기로 탈출했다. 그 기계는 그런 식으로는 오래 버티지 못한다. 한 번 도약으로 고장 났을 거다.

당시는 카메라를 확인하기 전이었다. 나는 그때 숯 더미 밑에 무엇이 있는지보다 숯 더미 자체가 더 궁금했다. 외계인인가? 아니면 다른 시간선의 지구에서 진화한 지적 생명체인가? 운암제국은 저것들에 대해 얼마나 알고 있었던 걸까.

꼬리에 꼬리를 무는 생각에 잠겨 있었는데, 갑자기 등골이

오싹해졌다. 무언가 무서운 것이 우리에게 다가오고 있었다. 정확히 어떻게 무서운 것이냐고 묻는다면 대답하지 못하겠다. 공포 자체가 파도처럼 우리를 향해 밀려들어 왔다고 하면 이해가 될까? 갑자기 이 폐허의 주민들이 인위적으로 꾸민 무서움이 이해되기 시작했다. 그건 이 거대한 두려움의 물결에서 살아남기 위한 발악이었다. 그 두려움의 원인이 무엇인지는 그렇게까지 궁금하지 않았다. 거기서 최대한 벗어나야 한다는 생각만 들었다. 우린 허겁지겁 깜빡이는 통로를 통해 운암제국으로 돌아왔다.

아, 그리고 한 가지 더. 떠나기 전에 우리가 간 곳에 대한 기초 조사를 했다. 그래도 확인은 해야 했으니까. 일단 지구는 맞았다. 하지만 자전주기는 25시간 6분 4초였다."

"미래구나."

"그렇지. 2억 년쯤 뒤다. 거기가 미래의 조치원이었느냐는 아무 의미가 없지. 그동안 대륙이 움직였을 테니까."

"그 숯 더미는 진화한 인류였을 수도 있겠네?"

공주는 고개를 저었다.

"그렇지는 않을 거 같다. 샘플을 가져와 분석했는데 손가락과 발가락 수도 네 개씩이었고 골격 구조도 완전히 달랐다. 일단 그 존재는 타조처럼 무릎이 안쪽으로 꺾였다. 어쩌다 보니 인간과 비슷한 동물로 수렴 진화한 것처럼 보인다. 무엇보다 미래 여행을 하고 돌아온 사람 중 어느 누구도 그런 종족과 만난 적이 없다. 2억 년은 먼 미래지만 가기 불가능할 정도는 아니다. 일단 그만큼 과거인 중생대는 다들 가니까. 왜들 그렇게 공룡들을 좋아하는지.”

"우리가 미래에 존재할 수 있는 모든 존재를 다 만날 수 있는 건 아니지.”

"그렇긴 하다. 아무래도 과거에 비해 미래는 덜 단단하니까. 하지만 인간의 후손은 아니었다.”

"그래서 어떻게 됐어?”

"숯 더미 샘플과 수거해 온 카메라들을 과학자들에게 넘겨주었다. 다시 운암제국의 폐허로 가보니 통로는 닫혀 있었다. 하지만 이미 데이터가 있으니 우리 시간선에서 그쪽과 직접 연결되는 통로를 만드는 건 가능하다. 단지 나는 그러지 않는 게 좋다고 분명히 밝혔다. 대신 나는 운암제국 병사가 캐리어를 갖고 어디로 갔을지 추적했다. 그리고 여기라는 걸 알아냈지. 캐리어도 여기서 산 게 분명하다. 이 시간선에서 숨어 사는 누군가가 음모를 꾸미고 있다.”

"그럼 화옥은?”

"내가 걔에게 그 이야기를 했고 관심을 보였다. 그리고 정말 여기로 왔다. 두 달 전의 이 시간선에. 그리고 오늘 만나기로 했지. 어제 만날 장소와 예약한 식당 정보를 보냈다. 그리고 이렇게 됐다."

4.

나는 여화공주가 죽인 남자들의 지갑에서 뽑은 현금으로 음식값을 치르고 공주와 함께 밖으로 나왔다. 혹시나 시간여행자들의 숙소가 있을까 검색해 봤는데, 짐바브웨에 하나 있었다. 숙소가 만들어진 건 딱 두 달 전. 짐바브웨의 역사를 고치려는 시간여행자들이 이 시간선을 만들었다는 뜻이다. 우리를 포함한 전 우주가 지금 수정되고 있을 짐바브웨 역사의 배경에 불과했다.

"화옥의 숙소가 문래동에 있다."

공주가 말했다.

"걔가 거기 있을 리가 없잖아."

"그래도 단서가 남아 있을 수 있다."

"거기 갔다가 일이 터지면 뒤처리는 내가 하고?"

"당연한 게 아닌가?"

우리는 잠시 말없이 걸었다. 다리를 건너 여의도에서 벗어났지만, 여전히 주변 거리와 식당은 분주했다. 사람들은 화가

나 있었고 흥분해 있었다. 몇몇 사람들은 그 흥분 자체를 즐기고 있는 것 같기도 했다. 비슷한 동기로 수많은 사람이 뭉쳤을 때 발생하는 그 특별한 열기가 느껴졌다.

"여긴 이마무라 빌딩이 있던 곳인데."

공주가 영등포 옆 맞은편 쇼핑몰 건물들을 가리키며 말했다.

이마무라 빌딩이 뭐였는지 기억하기 위해 잠시 머리를 굴려야 했다. 생각이 났다. 유리 피라미드를 머리에 짊어진 회색 건물. 화옥의 시간선에 있었다. 그곳은 1968년까지 한국이 일본의 식민지였던 곳이었다. 거의 전쟁과 같은 투쟁 끝에 간신히 독립을 쟁취했는데, 한 달도 되기 전 미래에서 온 AI 군대가 그 시간선을 침공했으니 억울하기 짝이 없는 역사였다. 순식간에 그 시간선의 영장류 전체가 독가스와 신경 폭탄으로 몰살당했다. 화옥이 이틀 넘게 살아 있었던 건 기적이었다. 아직도 우린 겨우 아홉 살짜리였던 여자아이가 어떻게 거기서 그렇게 오래 살아남을 수 있었는지 알지 못했다.

"그냥 모든 게 운이었던 거지. 그 애는 어쩌다 보니 가스 속에서도 오래 살아남을 수 있는 능력이 있었고, 하필이면 거길 통과하던 시간여행자들 눈에 뜨였던 거야. 아무런 의미 없는 우연."

내가 말했다.

"너는 화옥이 아무 의미 없다고 생각하는가?"

공주가 물었다.

"무슨 엉뚱한 소리야. 그런 이야기가 아니라는 걸 너도 알잖아. 화옥은 우리에겐 의미가 있지. 친구니까. 우리가 목숨을 구한 아이니까. 하지만 그 애가 살아남은 사건 자체엔 어떤 의미가 없어. 우린 이런 우연의 연속으로 이루어진 의미 없는 우주 안에서 우리만의 의미를 찾으며 하지. 만약 우리가 그때 다른 지역에서 살아남은 다른 아이를 발견해 구출했다면 우린 또 다른 의미를 가진 다른 이야기를 그렸을 거야. 아마 화옥이 죽고 그 다른 아이가 살아남는 다른 시간선도 있겠지. 우린 지금 화옥을 소중하게 여기듯 그 아이를 소중하게 여겼을 거야."

"그 애는 화옥과 달리 망나니로 자랐을지도 모르지."

"그렇겠지. 그리고 네가 다른 공주처럼 조신하게 자기 임무만을 수행하는 시간선도 있을 거야. 왜 내가 거기 있지 않은 거지."

"그 시간선의 너는 의견이 다를 수도 있지 않을까? 그 여화는 매우 따분한 사람일 것이다. 우리 언니들이나 네가 담당하는 다른 공주들처럼."

"어떤 때는 따분한 게 더 나을 때도 있어. 그리고 네가 하는 일에 무슨 의미가 있지?"

"내가 건드린 시간선 사람들은 생각이 다르지 않을까?"

"어차피 무한의 시간선에 하나를 더 추가할 뿐이잖아."

"그 무한의 시간선엔 무한의 나도 있겠지. 그리고 그 옆엔 무한의 너도 있을 거다. 그리고 우리가 고쳐놓은 무한의 역사도 있겠지. 전부는 아니더라도 무한이다. 의미가 있어."

"그래봤자 언젠가는 AI에 먹히겠지. 화옥의 시간선에서처럼 인간을 물리적으로 몰살하지 않더라도 인간은 결국 사라질 거야. 시간여행의 반칙을 쓰며 과거로 돌아가는 엄마 같은 몇몇만 빼고. 그리고 그 사람들이 간 시간선은 시간여행자들 때문에 더 빨리 발전해서 결국 자기네를 삼킬 AI를 만들어내겠지."

"그리고 어떤 사람들은 버틀레리안 지하드를 일으키며 인간의 수명을 연장하려 하겠지."

"그건 또 뭐야?"

"이런 건 네가 더 잘 알아야 하지 않나? 이 시간 타래에서 인기 있는 소설 속에 나오는 설정이다. 그 세계에선 인간들이 인간의 마음을 흉내 내는 모든 기계를 파괴한다. 그리고 10만 년 넘게 인류의 역사를 유지한다."

"AI 없이 아무런 발전 없는 고인 물 같은 삶을 받아들인다고? 왜 그러고 살지?"

"그러게 말이다."

잠시 흐른 침묵을 공주가 다시 깼다.

"너는 미래를 어디까지 가보았지?"

"서기 2만 년까지는 가봤어."

"어땠나?"

"미래는 다 제각각이지. 하지만 대부분 인간이 없는 도시가 꽤 오래 남는데 결국은 그것들도 없어져. 그리고 늘 빙하기가 오더라고. 내가 간 곳들엔 화옥의 시간선처럼 AI가 침공하는 거 같지는 않았어. 인간들은 그냥 그 상황을 조용히 받아들였어."

"인간들을 위한 가상현실 같은 걸 제공하는지도 모르지."

"그게 옛날 종교들이 예언한 천국일까?"

"그 안에서 모든 욕망이 충족되는? 넌 그런 천국에 가고 싶나?"

"내가 뭘 원하는가가 뭐가 그렇게 중요하겠어. 여기야?"

공주는 눈을 깜빡하며 지도를 나에게 전송했다. 여기가 맞았다. 1층이 북적거리는 수제 햄버거 가게인 3층 건물. 나는 잽싸게 건물 안과 주변을 스캔했다. 특별히 위험해 보이는 건 없었다. 우리는 컴컴한 계단을 타고 3층 구석의 사무실로 갔다. 공주가 전자자물쇠 숫자판에 여섯 숫자를 입력하자 문이 열렸다.

안은 초라했지만 잘 정돈되어 있었다. 구석에 침낭 하나가 있었고 우리 세계에서 가져온 기계 몇 개가 책상 위에 놓여 있었다. 모르는 사람이 봤다면 그냥 낡은 라디오처럼 보였을 물건들이었다. 책상 서랍 안에는 분해된 시간여행기 부품이 들어 있었다. 척 봐도 심각하게 고장 난 것처럼 보였다. 저걸 몸에 이식한 사람이 지금도 살아 있을 가능성은 지극히 낮았다.

"샘소나이트 캐리어다."

공주가 화장실 옆에 얌전히 서 있는 캐리어를 가리켰다. 나는 달려가 지퍼를 열었다. 속옷과 겨울옷 몇 벌, 양말 몇 켤레가 전부였다. 속옷과 양말은 모두 근처 편의점에서 산 거 같았고 양말 한 벌은 아직 뜯지 않은 비닐 포장 안에 들어 있었다. 나는 다시 지퍼를 닫았다.

"이게 그 시간선에서 본 물건인 게 확실해?"

내가 물었다.

"내가 어떻게 알겠는가. 샘소나이트 인터섹트 파란색이 세상에 저거 하나뿐일까."

"저게 그거더라도 분화된 다른 시간선에서 가져온 것일 수도 있겠지."

"그럴 수도 있겠지. 하지만 중요한 건 그 안에 들어 있었던 게 아닌가? 그건 어디에 있지?"

"왜 샘소나이트지? 왜 그 물건은 처음부터 그 안에 들어 있었던 거지?"

"여기서 온 물건이기 때문에? 그래서 화옥이 여기로 온 것이 아닐까? 이 시간선의 무언가가 운암제국의 멸망과 관련 있었던 거다."

"하지만 제국의 멸망은 필연적이야. 특별한 뭔가가 필요가 없다고."

"운암제국이 제국의 멸망을 막으려고 여기에서 무언가를 가져왔는데 그게 오히려 멸망을 촉진했을 수도 있지 않을까?"

"그렇다면 그게 대체 뭐냐고. 이 세계는 정말 특별할 게 없어. 네가 봐도 그냥 좀 애매하지 않니? 아직도 기름을 태워 발전기를 돌리는 곳이야. 그렇게 대단한 뭔가를 만들 능력 따위는 없어."

"다른 누군가가 그걸 여기로 가져왔고, 그걸 운암제국의 군인들이 갈취한 것일 수도 있다. 잠깐."

반박하려던 나는 하려던 말을 삼키고 귀를 기울였다. 3층으로 올라오는 느릿느릿한 발걸음 소리가 들렸다. 우리는 살금살금 화장실로 들어가 문을 살짝 닫았다.

사무실 문이 열리고 두 사람이 들어왔다. 모두 빨간 모자와 선글라스를 쓰고 있었다. 둘 다 거의 공 모양으로 보일 정도로 배가 뚱뚱했고 그 몸 밑에는 길고 가는 다리 한 쌍이 삐죽 나와 있었다. 두 사람의 걸음걸이는 보는 거 자체가 힘들 정도로 어색하고 불편해 보였다.

둘 중 하나가 캐리어를 발견하고 그쪽으로 달려갔다. 뻣뻣한 다리를 꺾어 간신히 바닥에 주저앉은 그 사람은 장갑을 낀 손으로 내가 아까 잠근 지퍼를 열었다. 실망의 한숨이 들렸다.

그 순간 공주가 화장실 문을 열고 나왔다. 그리고 가차 없이 달려가 앉아 있는 사람을 발로 걷어차고 그 속도를 이용해 문 옆에 있던 두 번째 사람을 걷어찼다. 두 번째 사람의 상체가 하반신에서 떨어져 나가 굴러떨어졌다. 나는 뒤를 돌아다보았다. 아직 떨어져 나간 하반신이 어색하게 다리를 꼬고 앉아 있었고, 얼마 전까지 그 위에 있던 상반신은 침낭 옆으로 굴러가고 있었다. 공주는 잽싸게 하반신 두 개를 화장실로 끌고 가 밀어 넣고 문을 잠갔다.

두 개의 상반신은 잠시 무력하게 누워 있다가 슬슬 변화하기 시작했다. 동그랬던 배가 꺼지고 그 밑으로 새처럼 가느다란 다리 한 쌍이 튕겨 나왔다. 빨간 모자와 안경이 달린 마스크를 벗자, 반짝이는 파란 깃털이 나고 부리가 있는 얼굴이 보였다. 장갑을 벗자, 새까만 원통형 손톱이 난 앙상한 네 손가락이 드러났다. 아까까지 사람으로 위장하고 있던 그 존재들은 바닥에 주저앉은 채 광택 없는 작고 검은 눈으로 우리를 바라보았다.

"당신들은 누구인가."

공주가 물었다.

잠시 침묵이 흘렀고 두 낯선 존재는 잠시 서로를 바라보다 고개를 끄덕였다. 아까 캐리어를 만지작거리던 쪽이 일어나 짧고 도톰한 부리를 열었다. 그것의 목소리는 맑고 투명한 소프라노였고 나온 말은 아나운서처럼 정확한 한국어였다.

"우리를 걷어찬 게 여화공주인가요? 성급하고 무례해도 사람이 나쁜 건 아니니 이해해 달라고 화옥이 말했습니다. 우린 갈람입니다. 저는 양굽이고 제 친구는 융말입니다. 여기서 아주 멀리 떨어진 시간선에서 왔습니다."

5.

자신을 갈람이라고 소개한 그 존재들은 짧은 다리를 놀려 우리 앞으로 두 발짝 다가와 그 자리에 주저앉았다. 배 밑으로 들어간 다리는 전혀 보이지 않았다. 오직 양쪽 발가락 네 개씩만 뱃살 밑에서 살짝 삐져나와 있었다. 그들과 눈높이를 맞추려면 우리 역시 바닥에 주저앉을 수밖에 없었다.

"우리가 온 시대는 하루가 당신들 시간으로 25시간 11분 18초인 곳입니다."

양굽이라는 갈람이 말했다.

"먼 미래이고 또 먼 시간선입니다. 우리 시대의 과거엔 인간이 없었고 당신들과 상관없이 독자적으로 문명을 건설했습니다. 단지 우리가 사는 곳은 좀 끔찍합니다. 이곳에는 여러 개로 나뉘어 있는 대륙이 한군데에 모여 거대한 하나의 대륙이 되었지요. 대부분 뜨거운 사막이며 우리는 주로 남쪽 해안가나 지중해 주변에 모여 살고 있습니다."

"이 시간선에서는 그 대륙을 판게아 울티마라고 부릅니다."

잽싸게 검색한 내가 말했다.

"알고 있습니다. 여기 과학책을 읽었습니다. 우리도 우리 세계의 대륙이 과거에는 몇 조각으로 분리되어 있었다는 사실을 알고 있었습니다. 우리 세계에도 과학자가 있으니까요. 우리도 여러분처럼 생각하는 기계를 만들었고 그걸 통해 시간여행기를 만들었습니다. 그리고 계속 과거로 가다가 여러분의 시간선과 마주쳤습니다. 우리가 알 수 없는 이유로 우린 우리의 과거로 가지 못했습니다. 계속 여러분의 과거나 미래로 빨려 들어갔지요. 아무래도 과거의 시간여행이 남긴 흔적이 미래 시간여행자들의 경로를 교란하는 것 같습니다."

"여러분도 AI에게 쫓기고 있나요?"

"아닙니다. 우리는 우리가 만든 기계들과 사이가 좋습니다. 우린 그냥 서로를 도우면서 살아갑니다. 저희는 아직도 여러분의 역사를 이해하지 못하겠습니다. 왜 스스로가 기계에 먹히게 내버려 두는지요?"

"여기엔 왜 왔습니까?"

공주가 묻자, 이번엔 융말이 말했다.

"우리는 과거로 돌아가려고 하고 있습니다. 우리가 사는 시간대의 세상은 살 수 있는 곳이 제한되어 있습니다. 살 수 있는 곳도 문제가 많고요. 우리 세계가 몇억 년 동안 더 좋아질 가능성은 없습니다. 우리는 여기처럼 대륙들이 분리되어 해안선이 많은 과거로 이주할 계획입니다. 여러분이 없는 과거로 갈 수 있는 길을 찾으면 당장 그럴 것입니다."

"캐리어 안에는 무엇이 들어 있었습니까?"

내가 묻자 양굽이 대답했다.

"우린 위대한 시공간학자 자가몽보율이 이끈 탐험대가 남긴 데이터를 찾고 있습니다. 탐험대는 우리 역사에서 45년 전에 과거로 떠났다가 실종되었습니다. 우리는 그 탐험대가 인간이 없는 우리의 과거로 가는 길을 발견했고 그 지도를 남겼다고 거의 확신하고 있습니다. 그리고 그 뒤에 같은 길을 간 탐험대가 자가몽보율 탐험대가 남긴 데이터를 찾았습니다. 유감스럽게도 그때 운암제국이 개입했습니다. 그리고 혼란이 시작되었지요. 왜 그 데이터가 저 캐리어 안에 들어갔는지는 모르겠습니다. 하지만 한없이 갈라지는 시간선 속에서 수많은 동료가 캐리어를 지키기 위해 목숨을 바쳤고 우리에게 그걸 지키라고 메시지를 보냈습니다. 우린 캐리어를 따라 수많은 시간선을 오갔습니다. 저 캐리어가 그 캐리어인지는 잘 모르겠습니다. 하지만 저 물건은 이곳과 이 주변 시간 타래에서 대량 생산되고 있습니다. 아니더라도 이 시간선에 분명 단서가 있을 겁니다."

"하지만 여러분은 고향 시간대의 환경에 맞게 진화하지 않았나요? 우리에게 판게아 울티마의 환경은 끔찍할지도 모릅니다만 여러분에게도 그런가요?"

"우리가 시간여행기를 타고 과거로 왔을 때 처음 했던 생각은 '와, 정말 좋다!'였습니다. 자연이 우리에게 이렇게 친절할 수 있을 거라고는 그때까지 상상도 하지 못했습니다. 이곳 사람들은 기후 변화를 두려워하고 있지만 우린 이 시간선의 모든 곳이 천국 같습니다. 심지어 여기서는 사막도 사막 같지 않습니다. 여러분은 진짜 사막이 어떤지 모릅니다. 우리는 우리 시대를 떠나 과거로 가고 싶습니다. 물론 여러분이 없는 곳에요."

"화옥은 어떻게 만났나요?"

"이 근처 시간선에서였습니다. 이 나라의 국가 원수가 마산과 부산이라는 두 도시에서 일어난 시위를 무력 진압한 곳이었습니다. 그 부분에 여러분이 만든 시간선이 우리 것과 얽혀있었습니다. 우리의 과거로 갈 수 없게 만든 또 다른 장벽이었지요."

"그렇다면 우리 제국이 여러분의 존재를 알고 있다는 말인가요?"

"아직은 몇 명만 알고 있을 거라고 생각하는데, 시간여행자와 시간제국에게 이게 큰 의미가 없다는 걸 아시잖아요. 결국 우린 교류를 할 거라고 생각합니다. 어느 시간선에서는 이미 하고 있는지도 모르지요. 그게 조금 두려워요. 인간은 전쟁을 하는 종이니까요. 우린 전쟁을 모릅니다. 우리가 덜 폭력적인 종이라는 건 아닌데, 인간이 하는 것과 같은 대규모의 폭력 행사는 상상도 안 해봤습니다. 우리의 성품 때문이 아니라 환경 때문이겠지요.

그 뒤로 화옥도 캐리어를 찾고 있었습니다. 우리는 7년 동안 화옥과 정보를 교환해 왔고 세 번 만났습니다. 물론 우리 시간으로 그렇습니다. 화옥의 시간으로는 아마 40일 정도 흘렀을 겁니다. 네 번째 약속 장소에 나오지 않아서 우리가 직접 여기로 왔습니다. 그리고 저 캐리어를 발견한 겁니다."

"저 안엔 아무것도 없습니다. 옷과 양말뿐이에요."

"그건 모르는 일이지요."

갑자기 할 말이 사라져 버렸다. 우리는 말 없이 쪼그리고 앉아 의미가 있을지도 모르고 없을지도 모르는 캐리어를 바라보았다.

"저분들은 다른 시간선, 몇억 년 뒤 미래에서 왔고 우리랑 심지어 강圈도 다른데, 흠 없는 한국어를 쓰시잖아. 왜 넌 아직도 로봇처럼 말하니?"

갑자기 억울해진 내가 따지자, 공주는 어깨를 으쓱했다.

"지금까지 내 말을 이해하지 못한 적 있나? 뭐가 문제지?"

"의사 전달만이 언어의 기능이 아니잖아. 넌 도대체……."

"피 냄새가 나지 않습니까?"

양궁이 내 말을 끊었다.

나와 공주는 갑자기 겁에 질려 얼어붙었다. 최악의 가능성이 우리 머릿속을 떠돌았다. 갈람들은 보다 침착했다. 둘은 자리에서 일어나 뒤뚱거리며 사무실 안을 돌아다니며 쿵쿵거리더니 철제 캐비닛 안에 멈추어 섰다.

잠시 주저하던 공주가 캐비닛 문을 잡아당겼다. 문은 자물쇠로 잠겨 있었다. 공주는 총을 뽑아 자물쇠를 부수었다. 캐비닛의 문이 열리고 안에서 비스듬한 자세로 서 있었던 사후경직된 시체 두 구가 튀어나와 바닥에 쓰러졌다. 모두 남자였고 상의가 벗겨져 있었고 척추 부위가 뜯겨 있었다.

"운암제국 병사들이다."

공주가 시체들이 입은 벽돌색 바지를 가리키며 말했다.

"군복 차림 그대로인 걸 보면 모두 이 시간선에 온 지 얼마 되지 않았다. 캐리어를 찾아왔을까?"

"그리고 누군가가 시간여행기를 시체에서 뜯어냈어. 하나는 화옥이 썼을 수 있겠지만 다른 하나는?"

내가 말했다.

"시간여행기가 없거나 고장 난 사람이 하나 더 있지. 그 캐리어를 갖고 달아난 병사."

"넌 화옥과 그 병사가 한 편이라고 생각해? 둘이 저 사람들을 죽이고 시간여행기로 달아났다고?"

"아니, 그렇게 생각하지 않는다. 일단 우리가 아는 화옥의 성격과 맞지 않는다. 둘째, 둘이 같이 달아났다면 시간여행기는 하나로 충분하다. 한 사람이 먼저 시간여행을 했고 다른 사람이 그 뒤를 따른 거다. 화옥이 어느 쪽인지는 모르겠지만. 그리고 그렇다면 아직 시간여행의 흔적이 남아 있을 거다. 화옥은 어제까지 이 시간선에 있었으니까."

나는 스캔 기능을 켰다. 사무실엔 아무것도 보이지 않았다. 하지만 복도로 나가니 희미한 초록색의 흔적이 맞은편 벽에 나 있었다. 나는 그쪽으로 달려가 시공간 데이터를 긁어냈다.

"이 사람들의 얼굴을 보십시오."

내가 사무실로 돌아오자, 융말이 시체들을 가리키며 말했다.

"전 인간들의 얼굴을 구분하는 데엔 아직 서툽니다. 하지만 이 둘은 모두 같은 얼굴을 하고 있지 않습니까?"

시체들의 얼굴과 군번표를 확인한 공주는 고개를 끄덕였다.

"둘 다 같은 사람이다. 분화된 시간선에서 온. 이름도 같아. 노성원. 잠깐."

공주는 허공을 쳐다보며 저장된 비디오 정보를 불러왔다.

"그 캐리어를 갖고 사라진 병사도 노성원이다. 도플갱어들에 쫓기고 있었던 걸까?"

"자기들끼리도 나누기 싫었던 무언가 값어치 있는 것을 갖고 있었던 거야. 그게 뭘까?"

"아무래도 그건 자가몽보율의 데이터가 아닌 거 같습니다. 그건 운암제국 사람들에게 그렇게까지 중요한 무언가는 아니니까요."

융말이 실망스러운 목소리로 말했다.

"그건 아직 몰라요. 운암제국이 여러분이 가려는 과거의 시간선을 노리고 있을 수도 있으니까요."

내가 말했다.

"그쪽에선 그럴 여력이 없을 겁니다. 제국은 망해가고 있었으니까요. 그리고 우리와 전쟁을 하는 건 과거의 인간을 정복하는 것과 완전히 다른 일입니다. 어렵고 덜 재미있겠지요. 척 봐도 노성원은 망한 제국의 잔당입니다. 그렇게 큰 목표 같은 건 없을 겁니다. 전 이 사람이 아주 자명한 이유로 이곳에 왔다고 생각합니다. 이 시간 타래 출신이었던 거죠. 제국은 여기 남자들을 유혹해 군대를 채웠을 겁니다. 그리고 거기서 노성원은 가치 있게 쓰일 무언가를 갖고 자기 고향, 적어도 자기 고향과 아주 비슷한 시간선으로 돌아왔습니다."

"확인하려면 저 너머로 가봐야죠. 시간선 좌표를 확인했습니다. 여기 남으실 건가요?"

갈람들은 모두 목을 길게 뽑았다.

"아니, 따라가겠습니다. 어떤 단서도 그대로 방치할 수는 없습니다."

융말이 말했다.

6.

우리는 다시 군중 사이에 끼었다. 저녁이었고 매연이 섞인 봄바람이 따뜻했다. 종로 차도를 꽉 메운 사람들이 고함을 지르며 행진하고 있었다. 시뻘건 물감으로 쓴 깃발이 눈앞에 휘날렸다. '학살자를 처단하라!'

"1980년 3월 1일이야. 마산-부산 학살이 일어났던 시간선."

내가 말했다.

"화옥이 이 시간선에 개입했다고 생각하나?"

여화공주가 물었다.

"그랬을 수도 있겠지. 하지만 그 애 혼자만으로 이 커다란 흐름을 만드는 것이 가능했을까?"

"최소한의 힘으로 역사를 움직일 수 있는 지점은 어디에나 있다."

"그건 그걸 가능하게 하는 역사의 흐름이 이미 존재한다는 뜻이기도 해. 화옥이 무엇을 했던 지금 이 흐름을 만든 건 인민의 의지야."

"넌 세상을 너무 예쁘게 보는 거 같다."

나는 그 이죽거림을 무시하고 공주와 갈람들을 행진에서 끌어냈다. 우리는 종로서적 1층 안으로 들어가 간신히 숨을 돌렸다.

"저희 모자가 아무래도 튀는 거 같습니다."

양굽이 자신 없는 목소리로 말했다.

"그 모자는 저번 시간선에서도 튀었어요."

내가 말했다.

"하지만 이렇게 예쁜 털실 공이 달렸는데요?"

공주는 한숨을 내쉬고 밖으로 나가더니 곧 까만 야구 모자 두 개를 들고 왔다. 갈람들은 아쉽다는 듯 빨간 모자를 벗고 야구 모자를 썼다.

"그 캐리어를 꼭 가져왔어야 했을까요?"

나는 양굽에게 물었다.

"의미가 있을지도 모릅니다. 모든 가능성에 대비해야 해요."

양굽은 로봇 다리를 벌려 파란 캐리어 위에 조심스럽게 앉았다.

"흔적을 찾았다."

공주가 말했다.

"화옥인지, 노성원인지, 둘 다인지는 모르겠어. 하지만 시간여행자가 을지로 방향으로 간 흔적이 있다."

공주와 나는 갈람들과 함께 다시 시위 군중 사이에 끼어들었다. 공주는 주먹을 휘두르며 "독재 타도! 학살자를 처결하라!"를 외치고 있었는데 말투가 정말 그럴싸했다. 저렇게 잘 따라 할 수 있는데 저 어이없는 말투를 고집한단 말이지. 도대체 쟤는 뭐가 문제야?

종로 3가에서 슬쩍 빠져나온 우리는 초록색 흔적을 따라 걸었다. 무리 바깥 사람들은 시위 군중과는 달리 혼란스럽고 잡다해 보였다. 중절모를 쓰고 한복을 입은 늙은 남자가 우리를 향해 지팡이를 휘두르며 외쳤다.

"빨갱이들! 빨갱이들!"

"아마 이 시기가 서울이 가장 추했던 시절이었을 거야."

나는 우리에게 침을 뱉고 욕을 퍼붓는 노인을 무시하며 말했다.

"어떻게 추한 건물을 지을 수 있을까 경쟁하는 거 같았어. 가난했기 때문이라는 이유만으로는 설명이 안 돼. 추한 건물밖에 지을 수 없는 환경이었기 때문이 아니라 추함을 추구하는 적극적인 욕망이 있었던 거야. 그게 이 시기의 군사독재 문화와 연결되어 있었는지는 모르겠지만."

"아까 우리가 갔던 시기는 나았나?"

"이때보다는 당연히 낫지. 번질거리고 천박하긴 하지만 그래도 깨끗한 화장실이 있으니까."

"글쎄, 나에겐 이 시기의 정직함이 오히려 낫다는 생각이 든다. 건물들은 추하다. 맞아. 하지만 여기엔 구체적인 노동과 연결된 기능이 있다. 바로 그런 것이 인간의 도시를 만든다. 우리가 아까 간 곳에 지어진 그 번지르르한 건물들은 그냥 콘크리트와 유리로 지어진 거짓말 같다. 그 번지르르한 환상 속으로 날아드는 새들을 속여 죽이는."

"도시들은 우리가 없을수록 아름다워지는 거 같아. AI의 도시들은 모두 아름다웠어. 그리고 새 한 마리의 죽음도 허용하지 않았지."

"우린 아름다움과 별로 어울리지 않는 존재인지도 모른다. 그래서 그렇게 그걸 갈망하는 게 아닐까."

"전 생각이 조금 다릅니다."

융말이 끼어들었다.

"이 시기는 못생긴 시기가 아닙니다. 못생김이 가능한 시기지요. 대부분의 전통 가옥, 전통 도시는 아름답습니다. 제한된 재료로 중력을 버티고 설 수 있는 건물을 지으려면 자연의 법칙에 복종해야 하고 자연은 우리에게 아름다움을 강요하기 때문입니다. 하지만 철근 콘크리트가 만들어지면서 여러분은 그 강요된 아름다움에서 벗어날 수 있게 되었습니다. 저 못생긴 건물들은 모두 그 자유의 결과물입니다."

"그럴싸하군요. 하지만 이 시기의 서울은 같은 시기 타이페이나 도쿄와 비교해도 유달리 못생겼어요. 이 시기를 더 못생기게 만든 문화적 요인이 존재합니다."

내가 말했다.

"저기인가요?"

양굽이 손가락으로 청계천로에 있는 4층 건물을 가리켰다. 겉보기엔 그냥 평범해 보였다. 하지만 스캐너 기능으로 보면 크리스마스트리처럼 초록색으로 번쩍이고 있었다.

"다른 시간여행자들도 왔어."

내가 말했다.

"그리고 피 냄새가 납니다."

융말이 말했다.

우리는 건물 주변을 한 바퀴 돌았다. 1층 철물점은 문을 닫았고 옆에 있는 출입구도 잠겨 있었다. 아직 열려 있는 이웃 가게 주인들은 모두 한 가게에 모여서 가게 안 흑백 텔레비전으로 뉴스 중계를 보고 있었다. 뉴스에서 구호 소리가 들리면 곧 종로의 실제 구호 소리가 메아리처럼 뒤를 따랐다.

나는 총을 꺼내 출입구의 셔터 자물쇠를 겨냥하고 쏘았다.

부서진 자물쇠를 뜯어내고 셔터를 열자 융말이 말한 피 냄새가 진동했다. 나는 총의 플래시 라이트 기능을 켜고 계단을 비추었다.

머리가 벗겨진 중년 남자의 시체가 계단에 걸쳐 누워 있었다. 헤어스타일과 옷차림을 보아하니 이 시간선 사람이었다. 이마에 망치로 내리친 것 같은 구멍이 나 있었다.

공주는 자기 총을 꺼내 들고 잽싸게 시체를 넘어 2층으로 올라갔다. 나는 셔터를 내리고 갈람들을 벽 구석에 세웠다.

"여기서 기다리고 있어요. 일이 잘못될 거 같으면 우리는 내버려두고 곧장 다른 시간선으로 달아나요. 알아들었어요?"

갈람들은 잠시 주저하더니 고개를 까딱거렸다.

나는 공주를 따라 계단을 올랐다. 2층은 '조춘자 의상연구실'이라는 곳이었고 잠겨 있었다. 3층으로 올라가려는데 갑자기 벽돌색 옷을 입은 남자가 위에서 뛰어 내려왔다. 남자는 나를 미처 보지 못한 모양인지 곧장 1층 계단을 향해 달려갔다. 몇 초 뒤 "끼이역!"처럼 들리는 날카로운 비명과 무언가 둔탁한 것이 넘어지는 쿵 소리가 연달아 들렸다. 나는 다시 아래로 내려갔다. 융말이 악력기처럼 생긴 기계를 앞으로 자빠져 있는 시체를 향해 겨누고 있었다.

"저쪽이 먼저 쐈습니다."

융말이 구멍 난 셔터를 가리키며 변명하듯 말했다.

그 순간 건물 전체가 둔중하게 울렸다. 건물 위에서 무언가 묵직한 것이 진동하는 것 같았다. 나와 갈람들은 약속이라도 한 것처럼 계단을 올랐다. 갈람들의 로봇 다리는 예상보다 민첩했고 곧 나를 앞질렀다.

진동하고 있는 건 4층이었다. 문은 타원형으로 뜯겨 있었고 시간 통로로 이어지는 초록 문이 천장 부근에서 빙글빙글 돌면서 꺼져가고 있었다. 바닥엔 노성원의 시체 두 구가 뒹굴고 있었고 그 위로 알루미늄 사다리가 엎어져 있었다. 공주는 문 옆 구석 바닥에 쓰러진 채 총을 통로 문을 향해 겨누고 있었다. 우리가 문에 난 구멍을 통해 안으로 들어가자, 문은 피식거리면서 사라져 버렸다.

"화옥이 저기로 갔어."

공주가 말했다.

"그리고 노성원 하나도 들어간 거 같아."

7.

우리는 1층에 있는 운암제국 병사 시체를 4층까지 끌고 왔다. 세 명 모두 웃옷을 벗겨 뒤집었다. 다들 등에 수술 자국이 나 있었다. 만져 보니 이식된 시간여행기의 촉감이 느껴졌다.

"달아난 건 시간여행기가 고장 난 노성원이다. 아마도 그 캐리어를 갖고 달아났던 그 노성원."

공주가 말했다.

"화옥이 노성원을 쫓고 있었어, 아니면 그 반대야?"

내가 물었다.

"화옥이 쫓고 있었던 거 같다. 저 둘을 상대하느라 잘 못 봤는데, 화옥이 나중이었다."

나는 주변을 둘러보았다. 운암제국의 흔적이 방 곳곳에 묻어 있었다. 반쯤 부서진 채 꿈틀거리는 출입구 생성 장치가 바닥에 놓여 있었다.

"제국은 여기서 뭘 하고 있었던 걸까?"

내가 중얼거렸다.

"뭔가 대단한 걸 꾸미지는 않았을 거 같다. 20세기 후반에서 운암제국 따위가 뭘 할 수 있겠나. 이것들은 모두 제국의 잔당들이 훔쳐 온 것들이다."

"캐리어 안에 든 것도 여기서 가져온 것이었을까?

"그렇게 단순하지는 않을 것 같은데? 저 시체 셋 중에 둘이 노성원이고 아까도 하나가 저 안으로 들어갔다. 제국 말기에 수많은 시간선이 갈라졌고 그 갈라진 시간선에서 온 사람들이 어쩌다 보니 다시 만났겠지. 다들 따로 겪은 일들이 있었을 것이다. 그리고 저 노성원들은 그렇게 잘 어울리지 못했던 거 같다."

"어, 어, 어?"

우리 누구의 목소리도 아닌 소리가 뒤에서 들렸다. 다들 동시에 소리가 난 쪽을 돌아다보았다. 뿔테 안경을 쓰고 누가 봐도 21세기 초 옷 가게에서 사 온 거 같은 싸구려 바람막이 점퍼를 입은 젊은 남자가 어정쩡하게 서 있었다. 남자는 내가 총을 들자 두 손을 번쩍 들었다.

"항복! 항복!"

"당신은 누군가."

공주가 물었다.

"최산악. 운암제국 제2테크 부대 소속. 비무장. 비무장!"

남자가 떨리는 목소리로 말했다.

"노성원과는 무슨 관계지?"

"노 누구요?"

공주는 발끝으로 노성원의 시체 두 구를 가리켰다. 남자는 멍한 얼굴로 시체 얼굴을 관찰하더니 머리를 긁었다.

"얼굴은 아는데, 이름은 모릅니다. 여기 오기로 했던 사람이었던 거 같은데. 시간 클론이 몇 명 있었어요."

"당신은 왜 여기에 왔나?"

"제국이 망했으니까요. 거기서 그냥 죽을 수는 없잖아요."

"그래서?"

"여기서 한탕하고 우리 시대로 가려고요. 전 2022년에서 왔는데."

"무슨 한탕?"

"잘은 몰라요. 전 여기에 시간 통로 문만 설치했어요. 그냥 모여서 같이 튀려고. 그런데 기계가 부서졌네. 어떻게 하지. 난 시간여행기도 없는데?"

공주는 총의 절단 기능을 켜고 노성원 시체 중 하나의 등을 가르더니 안에 들어 있던 시간여행기를 꺼냈다.

"한 번 정도는 쓸 수 있으니 조심해서 다루도록. 어차피 우리가 만든 시간 소용돌이 때문에 좌표는 우리가 아까 온 시간선으로 수렴될 거다. 그리고 2022년 대신 2024년 12월 3일 이후를 추천한다."

"왜요?"

"그냥! 빨리 꺼져!"

남자는 피가 뚝뚝 떨어지는 시간여행기를 들고 쾅쾅거리면서 아래로 내려갔다.

"한탕이 뭘까?"

내가 말했다.

"강도질이나 도둑질이겠지. 현금은 아니다. 다른 시간선에서 쓰기가 곤란하니까. 귀금속 같은 게 아닐까?"

공주가 말했다.

"하지만 화옥은 왜 노성원을 따라갔을까?"

"그건 노성원이 갖고 있는 게 귀금속이 아니기 때문입니다!"

양굽이 외쳤다.

"당연하지 않습니까? 지금까지 수많은 시간선이 섞였습니다. 그건 그 시간선만큼 많은 샘소나이트 캐리어가 존재한다는 뜻입니다. 어떤 것엔 귀금속이 들었겠지요. 어떤 것엔 다른 것이 들어 있었을 것이고 아마 중간에 섞였을 겁니다."

"여길 보십시오!"

이번엔 융말이 외쳤다. 돌아보니 부서진 책상 뒤에서 물건 하나를 끄집어내고 있었다. 나와 공주가 힘을 합쳐 그것을 끌어냈다. 그건 불에 타 반쯤 녹은 샘소나이트 캐리어였다. 나는 지퍼를 열었다.

"금괴입니다."

양굽이 한심하다는 듯 말했다.

"이게 그 한탕이군."

공주가 말했다.

"어디서 훔쳐 왔는지는 모르겠지만, 이걸 21세기로 가져간다면 펑펑 돈을 쓰며 잘 놀고먹을 수 있겠지. 하지만 누군가가 그걸 바꿔치기했다. 죽은 노성원 중 하나겠지. 그리고 아까 그 노성원은 다른 무언가가 들어 있는 캐리어를 들고 저 안으로 들어갔어. 그 무언가는 화옥이 추적하고 있었던 것임이 분명하다."

"그 노성원이 사람들을 고용해 화옥을 죽이려고 했을까?"

내가 말했다.

"그렇지 않았을까? 단지 화옥의 정체는 몰랐을 거다. 자기를 방해하러 온 제국 사람이라고 생각했겠지. 노성원은 시간여행기가 고장 났다. 쉽게 다른 시간선으로 달아날 수 없으니 신중해야 한다고 생각했겠지. 그리고 다른 노성원들이 그 시간선으로 찾아오면서 모든 게 난장판이 되었을 거다."

"하지만 미래에서 죽은 갈람들은 왜 그 캐리어를 지키려고 했을까?"

"그 캐리어 안에는 다른 것이 들어 있었을 것이다. 더 중요한 것. 화옥이 찾고 있었던 것. 하지만 노성원에겐 필요가 없는 것. 노성원은 안에 든 그 무언가를 버리고 캐리어만 취했겠지. 금괴를 갖고 다니려면 필요하니까."

"그 무언가는 어떻게 다시 캐리어 안으로 들어갔고?"

"수많은 노성원과 캐리어가 있다는 사실을 잊었나? 그중 하나는 그 무언가가 중요한 무언가라고 생각했을 수 있다. 아니면 캐리어를 바꿔치기할 때 무게를 속이기 위해 쓸만하다고 생각했을지도 모르지. 내가 어떻게 그걸 다 알아. 여기서 머리를 굴리는 건 쓸데없는 짓이다. 거길 직접 가서 확인하면 될 게 아닌가. 기계는 부서졌지만 좌표를 확인하는 건 어렵지 않다."

"제가 확인했습니다."

융말이 말했다.

"음. 두 사람은 '그곳'에 간 것 같습니다."

"'그곳'요?"

내가 물었다.

"'공포 지대'입니다. 논리적입니다. 달아난 노성원은 이식된 시간여행기가 고장 난 상태입니다. 화옥도 마찬가지고요. 그리고 거기엔 고장 나지 않은 시간여행기가 이식된 시체들이 잔뜩 남아있습니다."

8.

"습하고 덥네."

나는 보호복의 냉선을 켜며 말했다.

여화공주는 어이가 없다는 듯 혀를 찼다.

"나는 너를 알 수 없는 공포와 정체 모를 유적이 있는 2억 년 뒤의 미래로 데려왔다. 그런데 감상이 겨우 '습하고 덥네'라고?"

"여기에 대한 설명은 네가 이미 다 했잖아. 정말 설명 그대로네."

"그래도 네 생각이 있을 거 아닌가."

"음, 20세기 흑백 공포 영화 속 매트 페인팅이나 세트 같네. 저 구름은 바람 효과를 내려고 뒤에서 밀고 있는 그림 같아."

"조금 낫지만, 여전히 실망스럽다."

나는 대답하지 않았다. 우리는 1980년에서 가져온 병사들의 시체를 계곡으로 굴리고 해골성을 향해 걸었다.

"이곳을 누가 만들었는지는 모르겠습니다."

여전히 화옥의 캐리어를 끌며 걷고 있던 양귭이 말했다.

"아마 인간이겠지요. 갈람이라면 저 해골성을 우리 두개골과 비슷하게 지었을 겁니다. 하지만 2억 년 뒤까지 굳이 와야 할 이유가 있었을까요. 이 뒤로 몇억 년 동안 지구는 정말 최악입니다. 과거가 나아요."

"더 중요한 것. 이 시간선의 AI들은 어디로 갔을까요?"

내가 말했다.

"존재할 이유를 찾을 수 없어 존재하기를 멈춘 게 아닐까요. 2억 년의 시간이 주어진다면 무엇을 해야 할까요? 전 진짜로 그 시간을 다 채우지 못할 것 같습니다. 인간들의 AI도 마찬가지가 아닐까요. 할 수 있는 모든 걸 다 하고 알고 싶은 모든 것을 다 알아낸 뒤에도 굳이 존재해야 할까요."

양굽이 말했다.

"하지만 여긴 뭔가가 있습니다. 무서운 것이."

"직접 경험했나요?"

"아닙니다. 자료를 읽었습니다."

"난 경험했다."

공주가 우쭐댔다.

"알아, 안다고. 다른 종의 입장을 듣고 싶었어. 종마다 반응이 다를지 누가 알아."

"공포는 가장 원초적인 감정으로……."

공주는 말을 멈추었다.

그와 동시에 우리는 비명을 질렀다.

순수한 공포가 거대한 혀처럼 우리를 핥고 있었다. 우린 눈을 감고 머리를 움켜쥐고는 그 감정이 지나가기를 기다렸다. 3분에서 4분 정도가 지나자 그 감정은 서서히 흐려져 갔다.

"이제 다른 종의 반응을 알았겠네."

공주가 맥없는 목소리로 말했다.

"더럽게 재미없네."

내가 말했다.

"아, 그건 좀 색다른 반응이네."

"캡사이신 같아. 풍미도, 내용도, 의미도 없는 순수한 자극."

"이자벨 마르칼이나 허버트 필립스 러브크래프트가 절대로 안 썼을 법한?"

"맞아."

"그건 의미가 있을지도 모릅니다."

융말이 조그만 목소리로 말했다.

"이 공포를 만들어 내는 존재는 이제 공포를 느끼는 대상에 대해 아무런 관심이 없다는 뜻일 수 있습니다. 우리를 공포에 떨게 만들고 싶지만, 굳이 무서운 이야기를 지어낼 생각은 없는 것입니다."

"그리고 과연 이게 충분히 효과적인지도 알 수 없습니다."

양굽이 덧붙였다.

"몇 분의 공포를 드문드문 주는 것으로 무엇을 할 수 있을까요? 우리가 그 공포에 익숙해질지 어떻게 알 수 있겠습니까? 공포를 느끼지 못하는 로봇을 데려올 수도 있을 텐데요."

"그냥 해골성 주변의 짐승들을 쫓아내는 게 목적인지도 모르죠."

내가 말했다.

"짐승으로부터 무엇을 지키려는 걸까요? 여기에 과연 짐승들이 망칠 수 있는 무언가가 있을까요?"

융말이 말했다.

한 시간 뒤, 우리는 해골성에 도착했다. 중간에 두 번의 공포 물결을 겪지 않았다면 더 빨랐을 것이다. 그리고 갈람들이 맞았다. 그들은 순식간에 그 공포에 맞서는 방법을 발견했다. 공포가 시작되기 시작하자마자 스스로를 기절시키는 것이었다. 아쉽게도 우리가 배울 수 없는 재주였고 기절한 갈람들을 깨우는 건 우리 몫이었다.

해골성에 안에 들어간 우리는 공주가 말했던 운암제국 병사들의 시체를 발견했다. 대부분이 하얗게 부패해 있었다. 그건 몇몇 시체 안에 이식된 시간여행기도 마찬가지였다.

"시간이 얼마나 지난 거지?"

내가 말했다.

"얼마 안 되었다. 내 기기에 따르면 여기 시간으로 이틀이야."

공주가 말했다.

"여긴 부패 속도가 다른가?"

"아니면 저 공포 자극처럼 인공적인 뭔가일 수도 있지."

"공포 자극도 인공적인 뭔가가 아닐 수 있어. 어디서 외로운 짐승 한 마리가 울고 있는데 우리가 거기에 반응하는 건지도."

"외로운 짐승의 울음치고는 그 자극이 지나치게 깔끔하지 않아?"

지기 싫어 어떻게든 영리한 반박을 지어내려고 하는데, 갑자기 누군가가 휙 하고 지나갔다. 우리는 각자 총을 뽑아 들고 그 누군가가 간 쪽으로 계단을 따라 조금씩 내려갔다.

2분도 지나지 않아 우리는 노성원과 마주쳤다. 살아 있는 걸 제대로 본 건 그때가 처음이었다.

언제부터 거기에 있었는지 몰라도 얼굴이 엉망이었다. 보호복의 체온조절 장치가 고장이 났는지 온몸이 땀으로 젖어 있었고 정신 나간 것처럼 총을 휘두르고 있었다. 이러다가 누가 그냥 실수로 다칠 수도 있어 걱정이 됐다.

"총을 버려, 노성원."

내가 말했다.

"왜? 왜? 왜? 내가 왜 그래야 하는데? 내가 왜 그래야 할까? 왜, 도대체 왜?"

정신없는 대답이 돌아왔다.

"너를 도울 수 있는 건 우리뿐이니까. 협조하면 네가 원하는 곳에 데려다줄게. 언제가 좋아? 어느 시간선?"

"누가 내 금을 훔쳐 갔어."

"아, 그거? 그게 어디에 있는지 우리가 알아. 네가 달아난 1980년에 있었어. 네 시간 클론 하나가 바꿔치기했어. 거기 그대로 있으니 그냥 너 줄게. 우린 필요 없어."

"못 믿어! 저 새들이 날 죽일 거야! 그 여자가 날 죽일 거야!"

노성원은 총으로 갈람들을 가리키며 캑캑 소리를 질렀다.

공포 물결이 몰려왔다. 나는 벽에 바짝 붙어 서서 고래고래 고함을 지르며 노래를 불렀다. 공포가 약해지지 않았지만 그래도 몸을 추스르는 데엔 도움이 되었다. 이번엔 갈람들도 스스로를 기절시키지는 않았다. 대신 노성원의 총이 닿지 않는 벽 뒤로 달아났다. 오직 공주만이 똑바로 노성원을 향해 걸어가고 있었다. 노성원이 총을 들었지만, 공주가 빨랐다. 퍽 소리가 나고 노성원의 머리에 구멍이 났다. 시체가 계단 위에 주저앉았다.

그리고 공포 물결이 지나갔다.

"꼭 죽이지 않아도 됐어."

내가 쉰 목소리로 말했다.

"맞아. 하지만 이것도 나쁘지 않은 선택이야."

공주가 말했다.

"공포를 이기는 방법을 배웠나 봐?"

"아, 버틀러리안 지하드 이야기 기억해? AI 없는 세계를 다룬 소설? 거기에 나오는 공포에 맞서는 기도문을 외웠어. 그럭저럭 도움이 되었어. 어차피 실체 없는 것이잖아. 다 마음먹기 마련이지."

"난 안 되던데."

"난 다른가 보지. 다들 잘하는 재주가 하나씩 있기 마련이고. 자, 내려와. 화옥은 저쪽으로 갔어."

우리는 천천히 계단을 내려갔다. 한 지하 5층 정도 밑으로 내려가자 갑자기 계단이 없어지고 복도가 나 있었다. 그리고 그 끝은 문 없는 방이었다.

방에 들어가니 지친 얼굴의 화옥이 있었다.

화옥은 내가 기억하는 것보다 나이가 들어 보였다. 아니, 실제로 나이가 많았다. 나와 공주가 구조한 아홉 살 아이는 이제 우리보다 2,000일 정도 위였다. 화옥 옆에는 짐승과 나무를 반쯤 흉내 낸 것 같은 기계가 바닥에서 솟아나 있었다.

"고생했겠네."

화옥이 말했다.

"너는 괜찮아?"

내가 물었다.

"아니. 힘들었어. 하지만 곧 괜찮아질 거야. 공포와 대화를 시작했어."

"그 공포 물결이 여기서 시작되었다고?"

공주가 말했다.

"맞아, 언니가 잘못 생각했어. 이 공포 물결도 해골성의 일부였어. 이 모든 건 오로지 공포만 남은 AI의 잔해야. 막 AI에 다른 감정을 넣어주기 시작했어. 이제 곧 물결은 사라질 거야."

"어떻게 된 거야."

내가 물었다.

화옥은 살짝 아랫입술을 깨물었다.

"나도 다 알지는 못해. 쉽게 정리하기엔 너무 많은 시간선이 개입되어 있으니까. 나는 갈람들이 과거로 가지 못하게 막고 있는 시간선의 뒤엉킴을 풀 수 있는 단서가 여기에 있다고 생각했어. 그러다가 노성원과 그 캐리어에 대해 알게 되었지. 수많은 시간선의 노성원 중 하나가 자가몽보율이 남긴 무언가와 실수로 엮였어. 그리고 노성원의 파란 캐리어는 두 종류가 되었지. 금괴가 든 것과 그 무언가가 든 것. 그리고 내가 자기 뒤를 쫓고 있다는 걸 안 노성원이 나를 죽이려 했어."

"그 노성원을 내가 죽였어."

공주가 말했다.

"그랬겠지. 어차피 여기서 머리가 망가져 가고 있었어. 아, 내 캐리어!"

화옥은 양굽이 소중히 잡고 있는 캐리어를 향해 걸어갔다.

"이것은 무슨 의미가 있습니까?"

양굽이 물었다.

"있지요. 거기서 산 옷가지를 넣으려고 인터넷으로 샀어요. 계속 노성원의 파란 캐리어와 마주치다 보니 저도 이걸 사게 되더군요."

"그뿐입니까?"

양굽은 실망하는 거 같았다.

"우리 시간여행자들에겐 그 어느 것도 단순하지 않지요. 이 캐리어도 지금까지 우리를 끌고 다녔던 수많은 파란 캐리어의 일부가 될 수도 있어요. 이게 여기에 들어갈 테니까요."

화옥은 옆에 놓여 있던 방화 주머니 안에서 검은 타워체를 꺼냈다. 척 봐도 캐리어의 남은 자리에 딱 맞는 크기였다.

"그게 뭐야?"

내가 물었다.

"자가몽보율은 지도를 남기지 않았어. 그건 수많은 시간선이 얽힌 이 세계에서 별 의미가 없지. 대신 그 위대한 시공간학자는 이것을 남겼어. 올바른 시간선을 찾을 수 있는 길잡이 로봇이야. 자가몽보율의 탐험대는 과거를 찾으러 다니다가 대화가 통하고 연민의 능력이 있는 현명한 AI를 만났어. 그리고 갈람 과학자들과 AI가 협력해서 이것을 만들어 냈지. 자가복제가 가능한 로봇이야. 곧 불어날 거야. 난 야옹이라고 불러."

왜냐는 질문은 쑥 들어가 버렸다. 타원체의 몸에서 얼굴과 네 다리, 꼬리가 삐져나왔고 얼굴엔 초록색 눈 두 개가 반짝였다. 누가 봐도 고양이 모습이었다.

"공포가 멈추었어."

화옥이 말했다.

나는 기기를 체크했다. 화옥의 말이 맞았다. 공포 물결의 흐름이 끊겼다. 그건 지금까지 몇천만 년을 울부짖고 있던 저 AI에게 새 삶의 기회가 생겼다는 뜻일까. 이 사건은 어떤 시간 타래들을 만들어 낼까.

"그럼 미친 왕이 난리를 치던 그 시간대로 돌아가자. 처리해야 할 일이 너무 많아. 일단 시체들을 치워야 하고."

공주가 말했다.

"도대체 거기서 몇 명이나 죽인 거야?"

화옥이 물었다.

"나쁜 사람들만 죽였어."

"그래도 덜 죽이려고 노력은 해야지."

공주는 시무룩한 목소리로 대답했다.

"넌 우리를 내버려두고 벌써 어른이 되었구나."

9.

우리는 이번에도 시위 군중 속으로 떨어졌다. 2025년 1월 4일이었다. 밤이었고 저번보다 더 추웠고 사람들은 여전히 탄핵을 외치고 있었다.

"도저히 빠져나갈 수가 없습니다."

양굽이 말했다.

"그리고 여기서 빠져나가면 예의가 아닌 거 같습니다. 이곳 시민들에게는 중요한 의미가 있는 행사 같아요."

융말이 덧붙였다.

"아직도 그 미치광이는 탄핵이 안 되었나?"

공주가 물었다.

"공화정의 길은 길고 복잡하고 꼼꼼하기 마련이니까."

내가 말했다.

"솔직히 이곳의 시스템은 그렇게 잘 작동되는 거 같지는 않았어. 여기 신문에서 내가 무엇을 읽었는지 넌 모를 거야."

나로서는 할 말이 없었다.

"행진은 어디서 끝납니까?"

잽싸게 빨간 모자로 바꿔 쓴 융말이 물었다.

"청와대가 아닐까요? 하지만 그 방향이 아닌데."

"이 시간선에선 이제 청와대를 쓰지 않아. 용산 어딘가에 직무실이 있을걸."

화옥이 끼어들었다.

"아, 멀겠다."

공주가 투덜거렸다.

"다들 반짝이는 것을 흔들고 있어요. 우리도 그래야 할 것 같습니다."

융말이 말했다.

화옥은 어깨에 메고 있던 에코백에서 응원봉을 꺼냈다. 전에 화옥 대신 납치당한 여자가 갖고 있던 것과 같은 것이었다. 초록색으로 반짝이고 흔들면 안에 있는 작은 UFO가 돌아가는. 나와 공주는 모두 권총을 꺼내 랜턴 기능을 켰다. 융말은 보라색으로 반짝이는 작은 원반을 꺼냈고 양굽은 캐리어에서 야옹이를 꺼내 들었다. 깨어난 야옹이의 초록색 눈이 반짝였다.

우리는 군중에 쓸려 한강진역을 향해 걸어갔다.

작가의 말

막 이 일을 시작했을 때 전 SF 장르의 가장 뻔한 클리셰들을 모은 리스트를 작성했습니다. 이것들을 하나씩 깨보겠다고요. 리스트는 컴퓨터들을 거치는 동안 날아가버렸고 그 내용도 많이 잊었습니다. 그래도 꽤 많이 깼을 거예요. 전 지구를 침공한 외계인 이야기도 썼고, 인공지능과 연애하는 사람 이야기도 썼고, 인공지능에 의해 멸망한 인류 문명에 대해서도 썼고, 타임머신을 타고 과거로 가서 자기 자신을 만나는 사람에 대해서도 썼고, 낯선 행성을 탐사하는 사람들 이야기도 썼습니다. 진부한 재료들을 하나 이상 넣으려 노력하면서요. 이런 게임이 독창적이기만 하면 재미없잖아요.

  장르 일을 하는 사람들 상당수가 저와 같은 욕망을 품고 있을 거란 생각을 합니다. 가장 진부한 게임을 해보는 것. 그러는 동안 독창적인 것이 나와도 좋고 안 나와도 좋습니다. 옛날에 봤던 것과 비슷한 걸 만드는 것 자체가 좋으니까요.

  〈그깟 공놀이〉도 그 익숙한 게임의 이야기입니다. 태양계를 침입한 호전적인 외계인과 이들에 홀로 맞서는 자구인 이야기죠. 주인공은 당연히 청소년 사관생도여야 합니다. 제가 어린이 시절 축약본으로 읽은 청소년 SF 소설의 상당수가 그랬으니까요. 이 단편을 쓸 때 가장 많이 염두에 두었던 건 제 어린 시절 애독서였던 《괴유성 X》였습니다. 태양계에 정체불명의 행성이 접근해 오고 지구와 외계인 사이에서 벌어진 전쟁을 세 명의 청소년이 막는다는 내용이에요. 이 소설의 원제가 《The Mysterious Planet》이고 작가인 케네스 라이트Kenneth Wright가 레스터 델 레이Lester del Rey라는 건 비교적 최근에 알았지요.

이런 이야기에서는 외계인이 굳이 지구를 침략하는 동기가 중요합니다. 전 80년대에 인기였던 텔레비전 시리즈 〈V〉에서 그 동기를 가져왔습니다. 그 시리즈의 파충류 외계인은 지구의 풍부한 자원인 물을 훔치러 왔어요. 정말 바보 같죠. 일단 물은 쓴다고 줄어드는 게 아니고, 비교적 흔한 물질이잖아요. 물 부족은 그 정도 과학 기술을 갖고 있다면 여기까지 오지 않아도 얼마든지 해결할 수 있는 문제입니다. 하지만 그렇다고 제가 이걸 이용하지 말라는 법은 없습니다. 단지 약간의 변형은 가해야겠지만. 가능하다면 더 어처구니없게.

위에 언급한 리스트에는 공룡도 있었습니다. 공룡 이야기는 무슨 일이 있어도 반드시 써야 한다고 생각했어요. 그래서 아주 초기에 시간여행 이야기를 쓸 때 가끔 공룡을 삽입하긴 했는데, 분량으로 보나 사용 방식으로 보나, 그렇게 만족스럽지는 않았습니다. 공룡이 큰 비중으로 나온 단편은 비교적 최근에 나왔어요. 〈우리 미나리 좀 챙겨 주세요〉와 〈우리 당근이는 잘못한 게 없어요〉 연작이지요.

〈거북과 용과 새〉는 제 세 번째 공룡 이야기입니다. 다만 앞의 두 편과는 설정이 다릅니다. 앞의 이야기들이 유전공학으로 만들어진 공룡과 공룡 로봇에 대한 것이었다면 이번 것은 살아남은 공룡 중 일부가 인간과 비슷하게 진화한 대체 역사의 이야기지요. 인간과 비슷하게 진화한 공룡 이야기는 흔합니다. 다들 공룡을 좋아하니까 이걸 가지고 뭐라도 해보려고 별별 아이디어를 다 냈던 거예요.

이것만으로는 이야기를 만들 수 없으니까 전 공룡들 때문에 우리 세계와는 다른 방향으로 흘러간 북아메리카의 역사에 대해 썼습니다. 이곳은 우리 세계의 북아메리카보다 훨씬 재미있는 곳입니다. 당연하죠. 공룡들이 있으니까요, 제가 쓴 건 공룡이 나오는 서부 소설이었습니다. 단지 전 이 이야기가 무례하지 않은지에 대한 확신이 없습니다. 서구나 동북아 역사는 제가 비교적 자유롭게 다룰 수 있겠지만 아메리카 선주민 문화는 사정이 좀 다르지 않을까요. 그래도 적당히 눈치를 보며 쓰기는 했어요.

 언젠가 "왜 작가님 소설엔 청소년이 많이 나오나요?"라는 질문을 받은 적 있습니다. 그때 전 이렇게 대답했어요. "청소년 소설을 써달라는 의뢰를 받으니까요. 그런 글을 쓸 때는 청소년 캐릭터를 일정 비중 이상 넣을 필요가 있습니다."
 원래 작가의 선택은 작가만의 욕망과 취향으로 이루어지지만은 않습니다. 돈과 마감 기한을 주는 사람들의 영향력도 커요(제가 지금 여기서 제법 긴 작가의 말을 쓰고 있는 것도 편집진의 요구를 따르고 있기 때문입니다). 그리고 이건 좋은 일이에요. 이런 요구는 게임의 규칙이 되고 그 규칙을 따르다 보면 글을 쓰는 직업이 더 재미있어지고 생산적이 됩니다. 이 책에 실린 단편 세 개(〈그깟 공놀이〉, 〈항상성〉, 〈아발론〉)는 모두 청소년 소설 앤솔러지에 실렸습니다. 하지만 그게 전부일까요. 그쪽에서 저에게 청소년물을 의뢰했다면 이유가 있지 않았을까요.
 개인적으로 전 현실 세계의 청소년기에 대해서는 그렇게 큰 관심이 없습니다. 전 청소년기를 재미없게 보냈고 지금 청소년기를 보냈다면 더 힘들었을 거라고 확신할 수 있어요. 성인이 된 뒤로 전 그 시기를 통과했다는 사실 자체가 그냥 좋았습니다.

그럼에도 불구하고 전 꾸준히 어린이와 청소년 캐릭터를 써왔습니다. 청소년물의 의뢰를 받기 이전부터요. 아마도 제가 어린이 문학과 청소년 문학의 애독자였기 때문이겠지요. 전 어른이 되었다고 그 책들을 읽기를 멈춘 적이 없습니다. 당연히 청소년 문학의 어법은 제 일부입니다. 저에게 청소년 문학작품을 의뢰한 사람들은 그걸 보았던 것이겠지요. 고맙게도 제가 쓰는 SF 장르에서는 지금 이 시대를 사는 청소년의 삶을 그대로 재현할 필요가 없습니다. 저에겐 제가 겪는 것과 다른 청소년기를 묘사할 수 있다는 것이 이 장르의 장점이에요.

〈항상성〉 이야기를 하자면 전 이 이야기를 제 단편 〈사춘기여 안녕〉의 속편이라고 생각하고 썼습니다. 겹치는 캐릭터도 없고 꼭 앞의 단편을 읽어야 할 필요도 없지만 공유하는 분위기와 흐름이 있습니다. 전 여기서 최대한 잘 작동하는 것처럼 보이는 교육 시스템 안에서 모범생으로 살고 있는 아이를 주인공으로 삼았습니다. 저에겐 그게 가장 어려운 작업일 거 같았어요.

청소년 소설 앤솔로지에 실렸지만 〈아발론〉의 주인공 여희는 교사 일을 하는 성인 여성입니다. 그래도 상관없습니다. 로즈메리 셧클리프Rosemary Sutcliff의 역사소설들도 대부분 주인공이 어른이지만 청소년 문학으로 분류되지요. 늘 하는 말이지만 장르를 구분하는 선명한 경계선은 없습니다.

여희는 도시 바깥의 돌연변이 야만인들이 나오는 무색 소설이라는 것을 씁니다. 이게 무엇의 비유냐는 질문을 종종 받습니다. 답을 말하자면 SF와 판타지에 나오는 낯선 무언가는 그 자체라는 것이 가장 중요합니다. 그걸 받아들이고 그다음에 비유의 가능성을 읽어야죠.

그래도 이 설정을 만들 때 머릿속에 품고 있었던 것이 있긴 했습니다. 혹시 카를 마이Karl May라는 사람을 아시나요? 19세기 중엽부터 20세기 초반까지 활동했던 독일 작가입니다. 범죄자 출신이었고 자신의 사기꾼 성향을 허구의 이야기를 창작하는 데에 이용했지요. 세계 여러 나라를 배경으로 한 모험담이 장기였는데, 가장 인기 있었던 것은 현명한 아파치 추장 위나투와 독일계 서부 개척자 올드 섀터핸드를 주인공으로 한 서부 소설 시리즈였습니다. 타란티노가 〈바스터즈: 거친 녀석들〉에서 이 사람을 언급한 적 있으니 기억하시는 분들도 계실 거예요. 그리고 전 제 단편 〈안개 바다〉에서 독일어를 쓰는 개들이 모는 올드 섀터핸드라는 배를 등장시킨 적 있어요. 재미있는 건 이 남자가 자기가 무대로 삼은 나라들엔 거의 간 적이 없다는 것입니다. 말년에 미국엔 가봤대요. 하지만 동부에만 잠시 머물렀고 서부는 근처에도 안 갔답니다.

읽어본 적 있냐고요? 아뇨. 하지만 그 소설들을 각색한 서독 영화는 몇 편 보았어요. 아파치 추장은 프랑스 배우가 연기하고 당시엔 유고슬라비아였던 크로아티아에서 찍은 서부극이었지요. 당연히 독일어 영화였습니다. 제가 본 것들은 영어 더빙이었지만.

하여간 전 그 영화들을 보면서 이런 생각을 했던 것입니다. 한 번도 가본 적 없는 실제 세계를 무대로 한 소설을 쓰는 과정 자체는 매혹적이지요. 하지만 거기엔 언제나 한계가 있습니다. 마이는 위나투를 탐욕스러운 백인 개척자들과 대비되는 정의롭고 고결한 인물로 그렸지만 그건 유럽 사람들이 상상하는 고결한 야만인 판타지이기도 했지요. 여러분은 아마 여기서 저에게 서부극 장르 자체가 실제 역사인 척하는 판타지가 아니냐고 따질 수 있을 거예요. 정말 그렇기도 해요. 서부극의 이미지는 19세기 실제 미국 서부와 닮은 구석이 없어요(일단 카우보이들은 다인종이었고 존 웨인이 쓰고 다니는 챙 넓은 모자는 바람에 쉽게 날아가 다들 중절모를 썼다죠). 하지만 여기서부터는 질문이 무의미해지는 게 아니라 더 넓어질 뿐입니다. 현실과 벗어난 허구의 이야기는 어디까지 용납되어야 하는 것일까요. 그 장르적으로 뒤틀린 세계를 그리는 허구의 이야기들이 과연 안전하기만 할까요? 여러분은 세계에 대한 정보를 오로지 논픽션을 통해서만 얻나요?

〈불가사리를 위하여〉와 〈파란 캐리어 안에 든 것〉은 모두 편집진이 '시간인 연작'이라고 부르는 시리즈에 속해 있습니다. 여기에 포함된 다른 단편으로는 〈각자의 시간 속에서〉와 〈도둑왕의 딸〉이 있는데, 기본 설정만 공유할 뿐, 캐릭터가 연결되거나 그런 건 아닙니다. 과거로 가는 시간여행을 통해 무한히 갈라지는 평행우주가 만들어지고 거기서 시간여행자들이 공개적으로 활동한다는 이야기입니다.

〈불가사리를 위하여〉는 원래 돈키호테 테마의 앤솔러지를 위해 쓰였습니다. 그 책이 나왔는지는 잘 모르겠어요. 검색에 걸리지 않네요. 제 단편은 어쩌다 보니 따로 떨어져 나왔고 나중에 《짝꿍 : 듀나×이산화》에 수록되었습니다. 그리고 눈치채신 분이 계실지 모르겠는데, 이 단편의 주인공 말순에겐 마르셀리나 말고 모델이 한 명 더 있습니다. 유명한 20세기 한국 예술가예요.

〈파란 캐리어 안에 든 것〉은 2024년 12월 중반부터 2025년 1월 초반 사이에 쓰였습니다. 원래 마감은 12월 31일이었습니다. 그때 완결되었다면 결말이 조금 달랐겠지요.

전 종종 제가 SF/판타지를 쓰는 사람이기 때문에 더 현재성에 민감한 게 아닌가 생각합니다. 제 작업에서는 무대가 되는 시공간이 어디에 있는지가 굉장히 중요합니다. 그리고 그건 '현재 배경'의 이야기에서도 예외가 아닙니다. 세상에 '막연한 현재' 같은 건 존재하지 않습니다. 전 단 한 번도 그런 곳에서 살아본 적이 없고, 조금만 지나도 그 '현재'는 지금과 다른 구체적인 과거가 되어버립니다. 그렇다면 전 그 시대가 정확히 언제였고 그때 어떤 일들이 일어났는지 정확히 밝힐 필요가 있습니다. 그리고 당연한 일이지만 그 구체적인 과거를 사는 사람들은 완벽하게 비정치적일 수 없습니다. 우리가 지난 몇 달 동안 겪은 일이 그렇게 완벽한 중립을 취하며 이야기할 수 있는 종류의 것이었나요.

현재를 구체적으로 그리느냐의 여부와 상관없이 현재는 SF/판타지 작가에게도 영향을 끼칩니다. 그건 이 장르를 이루는 모든 것들이 현재의 은유란 뜻은 아닙니다. 우리는 모두 구체적인 시공간을 사는 사람들이고 우리의 환상은 필연적으로 그 시공간의 연장이라는 말입니다. 그건 'A의 은유로서의 B'보다 훨씬 복잡하고 매력적이고 재미있습니다. 그걸 매번 설명해야 한다는 귀찮음이 있습니다만.

수록작품 발표 지면

1. 그깟 공놀이 : 《나의 서울대 합격 수기》 (단비, 2018.11.)
2. 거북과 용과 새 : 《당신 곁의 파피용》 (요다, 2022.11.)
3. 항상성 : 《언젠가 한 번은 떠나야 한다》 (단비, 2020.12.)
4. 아발론 : 《교실 맨 앞줄》 (돌베개, 2021.05.)
5. 불가사리를 위하여 : 《짝꿍 : 듀나x이산화》 (안전가옥, 2020.10.)
6. 파란 캐리어 안에 든 것 : 미발표작

파란 캐리어 안에 든 것

초판 1쇄 발행 2025년 7월 30일

지은이 듀나

펴낸이 박선경
기획·편집 이유나, 지혜빈, 민석홍, 연사랑
마케팅 박언경, 김경률
디자인 studio forb
제작 디자인원(031-941-0991)
작가 전속에이전시 그린북 에이전시

펴낸곳 도서출판 갈매나무
출판등록 2006년 7월 27일 제395-2006-000092호
주소 경기도 고양시 일산동구 호수로 358-39 (백석동, 동문타워I) 808호
전화 (031)967-5596
팩스 (031)967-5597
블로그 blog.naver.com/kevinmanse
이메일 kevinmanse@naver.com
트위터 twitter.com/purplerain_pub
인스타그램 www.instagram.com/purplerain.pub

ISBN 979-11-91842-91-3 (03810)
값 17,000원

'퍼플레인'은 도서출판 갈매나무의 장르소설 전문 브랜드입니다.
배본, 판매 등 관련 업무는 도서출판 갈매나무에서 관리합니다.

* 잘못된 책은 구입하신 서점에서 바꾸어드립니다.